光文社古典新訳文庫

ペーター・カーメンツィント

ヘッセ

猪股和夫訳

kobunsha classics

JN166260

光文社

Title : PETER CAMENZIND
1904
Author : Hermann Hesse

目次

ペーター・カーメンツィント

1

始まりは神さまの物語だった。遠い昔、インドやギリシアの人びとの魂に宿り、またゲルマンの民の魂に宿って物語を作り、みずからの世界を表現することに努めた大いなる神は、今も子どもたちの心のなかで日々新しい物語を作っている。故郷の湖や山や川が何という名前なのか、私はまだ知らなかった。だが、ひとたび目を向ければ、そこには無数の光の粒がきらめく青緑色のなめらかな湖面が広がり、そのまわりを断崖絶壁の岩山が花冠のように取り囲んでいた。山頂近くの窪《くぼ》みに残る雪は陽の光に白く輝き、沢水は至るところで小さな滝となって落ちていた。ふもとに広がるなだらかな斜面の牧草地には果樹が植わり、小屋が建ち、灰色のアルプス牛がのんびりと草を食《は》んでいた。小さくて貧弱な私の魂はまだからっぽで、ただおとなしく待っていることしかできなかったので、湖や山の精霊たちはその素晴らしく大胆な行為をどんどんそのからっぽの魂に書きこんでいった。むき出しの岩壁は自分たちが生まれたときのことを、またそのときの傷痕《きずあと》が今も身に残っていることを、いくぶん不満げに、でもおごそかな口ぶりで話してくれた。あるとき大地にひびが入り、大きくたわんだかと思うと、産みの苦しみのうめき声が上がるなか、山の頂きと尾根とが大地の胎内から勢いよく突き出てきたという。ところが、めりめり、ばきばきと、ものすごい音を立てて飛び出てきたまではよかったものの、あえなく途中で折れてしまった山もあれば、兄弟どうしで必死に高さを競い、ついには兄が勝って弟をわきへ放り投げ、粉みじんにしてしまった双子の山もあるという。今も山々を見上げれば、そんな神話の時代そのままに、途中で折れたような山頂や、押しのけられて割れた岩壁があちこちにある。そして雪解けの季節がめぐってくるたびに、家の大きさほどもある岩のかたまりが雪解け水に押し流されて転げ落ち、ガラスのように粉々に砕けたり、やわらかな牧草地にめりこんだりしている。

岩山たちが話すことはいつも同じだった。その切り立った崖の岩肌を見れば、それは容易にうなずける。幾重にも重なった地層がずれたり、ひん曲がったり、亀裂が入ったり、ぱっくりと大きな傷口を開けたりしているのだ。「わしらは、そりゃあたいへんな目に遭ったものさ」と彼らは言う。「いまだに苦しめられてもいるしな」だが、そう語る彼らの口調は、無念さと厳しさをただよわせながらも、どこか誇らしげだ。さながら、不屈の老戦士のように。

そうだ、戦士なのだ。猛りたつ南風《フェーン》が頭上でわめき、水かさを増した渓流が容赦なく横腹をえぐり取っていく、あの恐ろしい早春の夜がめぐってくるたびに、彼らは今も水や嵐と懸命に戦っているのだ。風化して傷だらけになった岩肌で嵐の前に立ちふさがり、岩山の角《つの》を突き出しながら足を踏んばって身をかがめ、必死の形相で全力を集中し、息を殺し歯を食いしばって抵抗する。だが、負傷するごとに憤りと怖れの入りまじった咆哮《ほうこう》があがり、それは、後に続く不気味なうめきとともに、絶え絶えに、いまいましげに、はるかかなたの峡谷にまで響きわたるのだった。

ふもとの牧草地や斜面や岩場に生い茂る草や花やシダやコケも、目の前にありありとよみがえる。古くから伝わる名前はどれも奇妙で薄気味悪いものばかりだった。彼らはいわば山の子どもや孫たちで、与えられた場所で色あざやかに無邪気に生きていた。私はその一つひとつに触れ、観察し、香りをかぎ、名前を覚えた。だが、それよりも深く心を動かされたのは木々の姿だった。それぞれがわが道を行くとばかりに思い思いの姿に成長し、独特の樹冠で一風変わった影を投げている。私の目にはそんな木々が世捨て人や戦士のように映り、岩山の親戚のように思えた。特に山の上のほうに立っているのは、生きのびるために風や嵐や岩石と静かに粘り強い戦いを続けていたからだ。どの木もしっかりと根を張って身を支えなければならず、独特の樹形と特有の傷はその戦いの痕跡だった。同じアカマツでも嵐のせいで一方の側にしか枝を張れないのもあれば、張り出した岩に蛇のようにうねって張りついているのもあった。木と岩とが押し合いへし合いしたあげくに出来上がった光景だ。それを見ているうちに私は戦う男たちに見つめられているような気になり、畏怖《いふ》の念に打たれたものだった。

村の男たちや女たちもそんな木や岩に似ていた。顔には深い皺《しわ》がきざまれ、口数が少なく、無口であればあるほどいいとされていた。だから私は人間を見るときも木々や岩山と同じように見、人間について考えるときも木々や岩山と同じように考えるようになった。人間を物言わぬアカマツより下に見ることもなければ、アカマツ以上に愛するということもしなかった。

故郷のニミコンは湖に面した扇状地に位置する小さな村で、両側は湖にせり出した岩山にはさまれた恰好《かっこう》になっている。道は近くの修道院まで延びるのと、徒歩で四時間半もかかる隣村へ通じるのがあるだけで、湖畔にあるほかの村々へは水路で行くことになる。家はすべて木造で、築年数の正確なところはわからない。建物が新築されることはほとんどなく、今年は床板、次は屋根の一部といったぐあいに、必要に応じて部分的な補修がなされるからだ。たとえば、以前は部屋の壁に桁《けた》や木舞《こまい》として使われていたものが今は屋根の垂木《たるき》となっていたり、もうそういう役には立たないが燃すにはもったいないとなると、家畜小屋や干し草置き場の修繕に充てられたり家のドアの補強材に使われたりということになる。なかに住んでいる者も似たようなものだ。誰もができるだけ長く自分の役割を果たそうとするが、やがてはしぶしぶと役立たずの仲間入りをすることになり、そして最後には、さほど注目されることのないまま闇のなかに没してしまう。長年よそに出ていた者が帰って来ても、目の前の風景は何も変わっていない。せいぜいが、新しくなった屋根がいくつあるとか、出て行くときに新しかったものがすっかり古びてしまったと気づく程度だ。昔の老人はたしかにいなくなったが、別の老人がそこにいる。同じ家に住み、同じ名前を受け継ぎ、同じ黒い髪の子どもたちを見守っている。顔や身のこなしは、いないあいだに故人となった人とほとんど区別がつかない。

この村にはよそから人が移って来て新しい血が入るということがほとんどない。村人はそこそこ達者に暮らし、ほぼ全員が密な姻戚関係にあり、四分の三以上はカーメンツィントという名字だ。教会の記録簿はその名字で埋めつくされ、どの墓標にもその名字が刻まれ、どの家にも油性絵の具で書いたり彫りつけたりしたその名字が麗々しく掲げられている。運送屋の荷車にも、家畜小屋の桶にも、湖に浮かぶ小舟にもその名字が読み取れる。私の生家の玄関にも「この家を建てたのはヨーストとフランツィスカのカーメンツィント夫妻である」と油性絵の具で書かれていた。だが、それは私の父のことではない。父の祖父、私の曽祖父に当たる人だ。私が子どものないまま死んでしまったとしても、カーメンツィントの名を持つ者がこの古家に住みつくであろうことは容易に想像がつく。それまでこの家がまだ建っていればの話だが。

見た目は単調でも、よくよく見ていけばやはりこの村にも悪と善があり、貴と賤があり、有力者もいれば卑しい者もいる。賢い人ばかりなわけもなく、愚か者は別としても、周囲を楽しませてくれる変わり者も小さな集団をなすぐらいはいたものだ。それはどこにでもあるような大きな世界の縮図そのものだが、大物と小物、利口者と変わり者とがいとこどうしといった切り離しようのない親戚関係にあるので、高慢ちきのいかめしさとおっちょこちょいの軽薄ぶりとがしょっちゅう一つ屋根の下でぶつかり合うことになる。村の暮らし自体が人間の持つ深みや滑稽《こっけい》さを見て取るのに恰好の場となっていたわけだ。ただ、そこには表に出ず意識にものぼらないような重苦しさが常に薄いヴェールとなってかかっていた。自然の力に振りまわされながら労働に追われる日々を重ねていくしかないこの村の人たちは、年をとるにつれ内にこもりがちになっていく。それはきつくけわしい顔にはお似合いかもしれないが、何か実りをもたらすというか、少なくとも楽しいことにつながるものではなかった。変わり者が喜ばれたのはまさにそのためだ。もっとも、変わり者と言っても根がおとなしくまじめなのはほかの村人と変わらない。だが、それでも物笑いやあざけりの種となって暮らしに彩りを添えるようなことぐらいは引き起こしてみせたのだ。彼らのうちの一人でもばかげたことをやって世間をにぎわせば、ニミコンに暮らす皺の寄った褐色の顔という顔に、一瞬ながらも笑みが差す。そして、そういう愉快なことを楽しむに当たって薬味のような働きをしたのが独善的な優越感、つまり、自分はそんな間違いや愚行は絶対にしないぞという心理だった。村の人は、まっとうな人と道を踏み外す人との中間に立ち、どちらとも楽しみを共有できるという人たちがほとんどで、そこには私の父も含まれる。何かばかげたことが持ち上がると決まって父は落ち着きがなくなり、よくぞやってくれたとへまをやらかした人に感心してみせたかと思うと、そのすぐ後には、俺ならそんなことは絶対にしないなと自信たっぷりな態度に変わる。傍《はた》で見ていても滑稽なほどにふたつの感情のあいだを行ったり来たりするのだった。

私のおじのコンラートの場合は変わり者のほうに属すると言っていいかもしれない。ただし、だからといって知能の点でおじが私の父やほかの村人に劣るという意味ではない。いや、むしろ、おじはなかなか頭の働く人で、絶えず発明欲に駆られていた。その頭脳をひそかにうらやんでいた村人も多かったように私には思える。とはいえ、そうそう思いどおりの結果が得られたわけではない。しかし、おじは失敗にめげて内にこもり何もしなくなるような人ではなく、何度でも新しいことを始め、悲喜こもごもどんな結果に終わろうとも常に前向きな受け止め方をしていた。それは彼の長所であったわけだが、周囲には変人と呼ぶに足るだけの特質と見えたようで、村の無給の道化役と見なすに充分な根拠ともされたのだった。そんなおじを私の父がどう見ていたかと言えば、褒《ほ》めるか貶《けな》すかのどちらかで、絶えずそのあいだを行きつ戻りつしていた。義弟が何か新しいことを始めるたびに父は好奇心のかたまりと化し、わざと皮肉めいた質問をしたりあてこすりを言ったりもするのだが、その折りにこぼれ出る期待に満ちた興奮はどうにも隠しようがなかった。今度こそ成功間違いなしと思いこんでいるおじがいかにもすごいことをやりそうに見えはじめると、父は例によって兄弟のよしみを持ち出しておじを天才扱いし、後先も考えず、おじに同調した。しかし、最終的に待ち受けているのはまたしても失敗でしかない。その結果におじは肩をすくめるばかりだが、父の怒りは収まらない。さんざんあざけりと侮辱の言葉を浴びせたあげく、以後何カ月も一瞥《いちべつ》もくれなければ一言も口をきこうとしなくなるのだった。

村人がヨットというものを初めて見ることができたのはコンラートおじのおかげである。そして、そのために父の小舟が提供されることになった。おじはカレンダーに載っていた木版画を見てヨットを作ってみようと思い立ったらしく、それをもとに帆と綱具《つなぐ》を用意したのだが、いかんせん父の舟はヨットにするには船体が細すぎた。準備は何週間にも及び、父は緊張と期待と不安で毎日気が気でなかった。村じゅうがコンラート・カーメンツィントの新企画の話題で持ちきりになった。頃合いの風が吹く晩夏の朝、いよいよ初めてヨットが湖上を滑る記念すべき日がやって来た。父は万が一のことを怖れて乗るのをいやがっただけでなく、私にも同乗することを禁じた。私はひどくがっかりした。結局、一緒に乗りこむのはパン屋のフュスリの息子だけということになった。村じゅうの人が前代未聞の見世物を一目見ようと、わが家の砂利敷きの空き地や庭に詰めかけた。帆走にはおあつらえむきの東風が沖に向かって吹いていて、初めこそパン屋の息子が漕がなくてはならなかったが、すぐに順風に乗り、帆がふくらむや舟は誇らしげに速さを増していった。やがて湖にせり出した岩山の陰に隠れるのを見届けると、見物人は口々にたいしたものだと感心し、どうやらわしらはあいつの才能を見そこなっていたようだと恥じ入りながら、おじが帰って来たら勝者として迎え入れてあげようと考えはじめていた。ところが、夜になって舟が戻って来たときには帆はすでになく、二人の乗組員は半死半生のありさまで、パン屋の息子は咳《せき》まじりに、「みなさんの楽しみをふいにしてしまいました。うまくいけば日曜日に葬儀が二つも出て飲み食いできたかもしれないのに」と減らず口をたたくのがやっとだった。父は小舟の板を二枚張り替えなくてはならなくなり、以後、青い湖面に帆が映えることは二度となかった。コンラートにはなおしばらく、急いでいるときなどによく後ろから声がかかった。「おおい、コンラート、帆を上げな！」父は怒りを腹にしまいこんでいたが、義弟に出くわしても目をそらし、口もききたくないとばかりに大きく弧を描くように唾《つば》を吐いた。それはコンラートが耐火性のパン焼きがまのプランを携えて父を訪れるまで続いた。しかし、そのパン焼きがまの一件で浴びた嘲笑はヨットに輪をかけてひどいもので、父に現金四ターラーの出費まで強《し》いた。父にこの四ターラー事件を思い出させたら、ただでは済むまい！　ずっと後、家計が苦しくなったとき、母が、あのときのお金が残っていたらどんなに助かるかしれないのにね、とこぼしたことがあったが、父は首まで真っ赤になったものの、ぐっとこらえて、「俺だってそんだけの金がありゃあ、日曜日一日飲んでられたんだ」と言っただけだった。

冬の終わりには南風《フェーン》がごうごうと音を立てながらやって来る。アルプスに生まれ育った者にとって、それは恐怖に身を震わす音だが、異郷の地で郷愁に駆られたときはたまらなく聞きたくなる音でもある。

フェーンが近づくと、村の男や女たちだけでなく、山も、野の鳥獣や家畜も、何時間も前からその気配を感じ取る。その到来を告げるのは、逆方向からの冷たい風が吹きやんだ後にやって来る生ぬるい風と低いうなりだ。青緑の湖はまたたくまに墨を刷《は》いたような黒さになり、ついさっきまで波音一つ聞こえないほど穏やかだった湖面に白波が立ちはじめる。そして突然、轟音《ごうおん》とともに岸に寄せてくる大海のような怒濤《どとう》。それを合図とばかりにまわりの景色は不安そうに身を寄せ合う。それまで遠くかすんでいた山頂の岩が一つひとつくっきりと数えられるようになり、褐色のしみとしか見えていなかった彼方の村々が屋根や切妻《きりづま》、窓まではっきりと区別がつくようになる。山々が、牧草地が、家々が、何もかもが臆病者の群れのように身を寄せ合う。大地の震え、地響きのようなうなりが始まるのはそれからだ。鞭《むち》で打たれたような波が湖面を走り、大気のなかを猛然と突き進む煙のように広がっていく。そして、夜ともなれば嵐と山々との死にものぐるいの戦いがいつ果てるともなく聞こえてくる。やがて、あちこちの村から、川の水があふれたとか、家がめちゃめちゃになったとか、舟が壊れた、父親がいなくなった、兄弟がいなくなったなどの噂が伝わってくる。

幼いころ私はフェーンが怖く、大嫌いだった。だが、成長して男の子特有の野性が目覚めると、とたんにそれが好きになった。それは反乱の煽動者《せんどうしゃ》であり、永遠の若者であり、怖いもの知らずの闘士であり、春を連れてくる者だ。それが生命と希望をみなぎらせながら荒々しい戦いを始めるさまは素晴らしかった。荒れ狂い、大笑し、うめく。うなりをあげながら山峡《さんきょう》を突き抜け、山々の雪をむさぼり食い、しぶとい老《おい》松《まつ》を手荒にたわめ、溜息《ためいき》をつかせる。フェーンに対する私の愛情は深まる一方で、そこについて来る甘く美しく豊かな南の息吹《いぶき》を歓迎するまでになった。南の地から湧き出た楽しさと暖かさと美しさはフェーンとともに流れをなして押し寄せ、山々に当たって砕け、最後はまだ寒い北の低地で力尽きて死ぬ。この甘いフェーン熱ほど奇妙で素敵なものはない。それはフェーンの時期になると山村の人びと、特に女性たちを襲い、眠りを奪い、官能をそっと刺激する。それが南というものだ。それは、貧しく頑《かたく》なな北の地に嵐となって襲いかかり激しく燃え上がることを繰り返しながら、雪に埋もれたアルプスの村々に、もう南国の湖は深紅に染まり湖畔には桜草《さくらそう》や水仙《すいせん》やアーモンドの花が咲いていると告げるのだった。

フェーンが止《や》み、薄汚れた山間の雪が溶けてしまうと、最高に素晴らしい季節がやって来る。ふもとの牧草地を埋めつくした黄色い花の絨毯《じゅうたん》が山肌を上に向かって延びていく。その先にあるのは、澄みきった空に神々しくそびえる雪をいただいた山頂と氷河だ。そして、湖の色は青く変わり、温《ぬる》んだ水に太陽と雲の流れを映し出す。

幼年期にはこれだけあれば充分だ。いや、それどころか、人生とてこれだけで充分だと言えなくもない。というのも、こうしたことのすべてが神の言葉を、人間の唇には上ったことのない神の言葉を絶えず声高《こわだか》に語るからだ。それを幼いときに聞き分けた者の心には、生涯にわたって、甘く、強く、恐ろしいまでにその余韻が残り、その呪縛から逃れられなくなる。山を故郷とする者はそこで何年も思索し自然に耳を傾けることで、それまで信仰していた神さまを排除することができるようになる――フェーンを身をもって感じたり、森を襲う雪崩《なだれ》の音を聞いたりすれば、心は胸のなかで震え、神を考え、死を考えるようになるのだから。

私の生家には柵もめぐらしていない小さな庭があった。そこはサラダ菜とカブとキャベツを育てる菜園になっていて、ほかに母が設けた細長い花壇もあった。植わっていたのは二本のコウシンバラとダリアとモクセイソウくらいで、いずれきれいな花を咲かせたいという希望を感じられはするものの、遠目にはやはり貧相でみすぼらしいものでしかなかった。庭の先は砂利敷きの空き地になっていて、庭ほどの広さはなく、すぐ先がもう湖だ。壊れて使いものにならなくなった樽が二つと板や杭が置いてあり、岸辺には小舟がつないであった。その舟は当時はまだ数年おきに修繕され、防腐剤のタールも繰り返し塗られていた。タールを塗りなおした日のことは今もしっかりと記憶に残っている。あれは初夏の暖かい午後だった。鮮やかな黄色のヤマキチョウが陽を浴びながら庭をひらひらと飛び、湖面は油のように滑らかで、青く静かに音もなくきらきらと輝き、山の頂きにはうっすらと霞《かすみ》がかかっていた。そして、小さな空き地にはタールとペンキの強烈なにおい——。小舟は夏のあいだじゅうタールのにおいが取れなかった。それからは何年経っても、どこかの浜辺で水にタールの臭気が入り交じった独特なにおいを嗅《か》ぎつけるたびに、湖畔の空き地が目の前に現れ、シャツの袖をまくり上げて刷毛《はけ》を扱う父の姿が浮かんで来たものだ。口にくわえたパイプからは青い煙が穏やかな夏の大気に立ちのぼり、稲妻のような黄色のチョウがこわごわと飛んでいる。こんな日の父はいつにもまして上機嫌で、口笛でトリル[1]を吹いたり、ヨーデルの一節を口ずさんだりもする。口笛もヨーデルもお手のものだったが、さすがにヨーデルを歌うときの声は半分くらいに抑えていた。夕食の支度をしていた

1　トリルは装飾音の一つで、主要音とその二度上の補助音が急速かつ交互に連続して反復される音。元は「音をふるわす」という意味。

母は、今にして思えば、これなら夫はきっと今夜は飲みには出ないだろうと期待しながら腕によりをかけて料理を作っていたのではないかという気がする。だが、父はやっぱり出かけて行った。

若いときに両親が精神面での成長を特に促したりあるいは逆に妨げたりしたことがあったかと問われても、私には何も答えられない。母は常に仕事を手いっぱい抱えていたし、父に至っては教育の問題ほど縁遠いものはなかった。父にはやるべきことが充分にあったのだ。果樹の世話やジャガイモ畑の耕作、干し草づくりなどだ。ただ、数週間おきに父は夜になって出かける前に、無言のまま私の手を取り、家畜小屋の上にある干し草置き場に連れて行き、そこで奇妙な罰と償いの儀式を行った——したたかに私を殴ったのだ。しかも、父も私もその理由をはっきりとはわからないままに。その殴打は女神ネメシス[2]へのひそかな供物のようなもので、殴る側の叱責もなければ殴られる側の叫びもなく、ひたすら神秘な力への生贄《いけにえ》として捧げられた。後年、「目に見えない」運命について語られるのを聞くたびに、私はこの不可解な場面を思い出さずにはいられなかった。この儀式こそは「目に見えない」運命の具現化と思えたのだ。もっとも、そんなことを知るよしもない父は、生きることがすなわち教育だというきわめてシンプルな論理に従っていたにすぎない。生きていれば青天の霹靂《へきれき》のような出来事に遭遇することはたまにあるし、そのとき、どんな悪行のせいでそんな目に遭うことになったのかを考えるのは当人にまかされている。だが、残念ながら、私の場合そういうふうな考えをすることはまったくなかった。いや、あったにしてもほんのたまにでしかなかった。儀式の夜がめぐってくると、私は、時には反抗心を覚えることもあったが、これといって反省をするようなこともなく平然と懲罰を受け入れ、ああこれで今回の分は済んだ、この先数週間は罰の中休みになるのだと思って嬉しくなったものだ。それにひきかえ、私に仕事をさせようという父のもくろみには私ははるかに主体的に立ち向かった。自然というのはわからないもので、何とも気前がいいというか、私という一個の人間に相反する天分を与えてくれていた。並はずれた体力と怠けぐせである。父は私に仕事を教えこみ自分の片腕として役に立つ息子にしようと躍起になったが、私は何かと口実をこしらえては与えられた仕事から逃げた。

2 ネメシスはギリシア神話に出てくる義憤の神で、特に人間の高慢な言動に対する神の怒りと、神罰としての報復を擬人化したものとされる。

高等中学校《ギムナジウム》の生徒だったときも、古代の英雄たちのなかで私が最も共感を覚えたのは、あの有名な難業を課せられたヘラクレス[3]だった。いずれにしても、さしあたり私にとってのいちばんの楽しみは岩山や牧草地とか水辺をぶらつくことだった。

　山や湖だけでなく嵐や太陽も私にとっては友であり、話し相手であり、教育係だった。長いこと、人間よりも彼らのほうが好きだったし、人間の運命よりも彼らのことをよく知っていた。しかし、そんな光り輝く湖や悲しげな松や陽を浴びる岩山よりも私がひいきにしていたものがある。雲だ。

　世界広しといえども、私より雲が好きで雲のことを知っている男がいたら、ぜひともお目にかかりたい。いや、この世に雲より美しいものがあるのなら、それを見せてほしい。雲は、眺めて楽しむ遊びの道具、天上の神からの贈りもの、天罰を下す死の力だ。生まれたばかりの魂のようにか弱くやわらかくおだやかで、天使のように美しく豊かで与えたがりで、死神の使いのように怪しげで不可避で冷酷無慈悲。銀色に薄くたなびき、白地に金縁の笑顔で流れ、黄に赤に青に染まってしばし休らう。人殺しのように不気味に足音を忍ばせて近寄り、果敢な騎士のように猛然と頭から突っこんでいき、憂い顔の世捨て人のようにはるかな高みで悲しげに夢想する。幸福の島々の形にもなれば、守護天使の形にもなり、脅す手にも、はためく帆にも、空を渡る鶴にもなる。雲はまた天上の神の国と地上の貧しい現世のあいだに浮かび、その仲立ちをする。そのさまは、人間がいだくあこがれの美しい謂《い》いであり、けがれた魂を澄みきった天空に添わせようと願う地上の夢だ。さらには、雲はすべてさまよいの、探求の、郷愁の永遠の象徴だ。雲が大地と空のあいだに、遠慮がちにではありながらも、あこがれを秘めつつ、我を通して浮かんでいるように、人間の魂も遠慮がちにではあれ、あこがれを胸に秘めつつ、我を通して、有限の時と永遠のあいだに浮かんでいる。ああ、雲よ、美しく、宙に浮き、休むことのなきものよ！　まだ何も知らない子どもだった私は雲を愛し、雲を見つめてはいたものの、自身も雲となってさまよい歩き、どこに行ってもよそ者で、有限の時と永遠のあいだに浮かんだまま人生を歩んでいくことになるとは思いもしなかった。幼いころから雲は好きな女の子にもなれば姉にも妹にもなった。今でも私は、表に出れば必ず目と目を合わせて挨拶《あいさつ》を交わしてから、

3　ヘラクレスはギリシア神話に出てくる最大の英雄。獅子退治や水蛇《ヒドラ》退治をはじめとする十二の難業を果たしたほか、数々の武勇伝で知られる。

小路《こうじ》を歩いて行く。そのころ雲から学んだことも忘れてはいない。形や色や表情はもちろん、戯れたり輪になって踊ったりいろんな踊りをしてみせたり、静かに休んだりする姿などもだ。天上と地上とが不思議に溶け合った物語もあった。

なかでもよく覚えているのは雪の王女の物語だ。舞台は中くらいの山が連なるところ、季節は初冬、ふもとからは暖かい風が吹いている。小さなお供を連れた雪の王女がはるかな高みからやって来て、山の窪地か平らな山頂に身を休める。それをねたましげに見ていた北東の風は、一泡吹かしてやろうと、突如、山のふもとから舐《な》めあげるように猛然と襲いかかる。美しい王女に向かって黒雲をちぎっては投げを繰り返し、あざけり、ののしり、追い払おうとする。王女は不安になり、しばらくはじっと我慢し、襲撃のやむのを待っているが、やがてかぶりを振りつつ、さげすむようなまなざしを向けながらしずしずと高みへ戻って行く。だが、いつもそうとはかぎらない。王女は不安がっているお供を身のまわりに集め、凛《りん》とした態度で北東の小悪魔《コボルト》をその冷たい手で退けるときもある。コボルトは怖じ気づき、泣き叫び、逃げて行く。静かに休めるようになった王女はまわりを淡い霧でおおう。そして、その霧が晴れたときには、窪地や平らな山頂はやわらかな純白の新雪でおおわれ、くっきりとした姿を見せるのだ。

この物語には美の魂が勝利を収めたような気高さがある。それは幼い私を魅了し、思い返すたびに心が躍る楽しい秘密となった。

まもなく、私が雲に近づき、そのあいだを歩いたり、上から眺めることまでできる機会がやって来た。十歳になり、山登りに連れて行ってもらったのである。ゼンアルプシュトックという山で、故郷のニミコン村はそのふもとにある。そのとき私は山の恐ろしさと美しさを初めて目の当《ま》たりにした。深くえぐれた山峡、氷や雪から溶け出す豊かな水、緑色をしたガラスのような氷河、見るも恐ろしい氷堆石《ひょうたいせき》、そして、すべての上に釣り鐘のように高々とかかる丸い空。十年間、山と湖にはさまれ、すぐ近くを高いものに囲まれて生きてきた者にとって、頭上に広大な空が開け、目の前に無限の地平が広がった日は決して忘れられるものではない。登っているときから私は、下から見上げてよく知っていた岩山や断崖を間近で見てはその大きさに圧倒されていた。そして山の頂きに立った瞬間、不安と喜びを覚えつつ、自分は今とてつもない広がりのなかにいるんだと思わずにはいられなかった。世界はこんなに途方もなく大きいのか！　はるか下にほとんど見分けがつかなくなっている故郷の村は小さな白っぽいしみでしかなく、谷底から見上げれば隣どうしのように見えていた山頂は歩いて何時間もかかりそうな距離を隔ててそびえている。

その場に立ちながら私は、自分は世界をようやくうっすらと目にしただけで、まだしっかりとしたまなざしで見てはいないのだと思いはじめていた。また、自分の村のような隔絶した山ふところには何も伝わって来ないが、その外でも山々がそびえ立っては崩れるような大きなことが起きているのかもしれないとも。同時に私は、自分のなかで何かが震えているのを感じていた。それははるか遠くにあるものを正確に指し示そうと細かく振れる磁石の針に似ていた。そして、果てのない遠くへさまよっていく雲の姿を追ううちに、私はその美しさと憂いがどこから来ているのか初めてわかったような気がした。

私を連れて行ってくれた二人の大人は、よく頑張って登ったなと褒めてくれ、身を切るような寒さの山頂で休憩しながら、私の喜びようを見て笑った。初めはただただ驚いていた私だったが、やがてそれも収まると、今度は何とも言えない快感と興奮から、澄みきった大気に向かって雄牛みたいな声を発していた。それは、およそ歌と言えるものではなかったが、それでも私にとっては初めての美への賛歌だった。自分の声が山々にこだまする。が、その叫びはすぐに大空にさえずる弱々しい鳥のさえずりのように跡形もなく消え去った。とたんに恥ずかしくなってきて、私は黙りこんだ。

この日は私のなかで凍っていたものが解けだす日になった。この日を境にいろいろな出来事が続けて起こるようになったのだ。さしあたりは、ちょくちょく山登りに誘われ、もっとむずかしいのにも連れて行ってもらえるようになった。高い山に挑戦するときには、その神秘に触れられると思い、ひときわわくわくしたものだった。次には山羊《やぎ》の番を任された。私がいつも山羊たちを追っていく斜面には風の当たらない一角があり、コバルトブルーのリンドウと淡紅色のユキノシタが生い茂るその場所はこの世でいちばん好きなところだった。村は見えず、湖も岩の上にかかる白く細い帯としか見えない。あたりには燃えるような鮮やかな色の花々が咲き乱れ、見上げれば尖った雪山に青空がテントのようにかかっている。聞こえて来るのは、山羊の首につけた鈴の軽やかな音と、遠からぬところにある滝の音だけだ。私は日なたに転がり、小さな白い雲を目で追い、ヨーデルを口ずさむ。すると、そのうちに、私が怠けているると気づいたか、山羊たちは思い思いに好き勝手なことをやりはじめる。だが、そんな安逸をむさぼる暮らしも数週間と続かなかった。迷子になった山羊を探しているうちにその山羊もろともに峡谷に転落してしまったのだ。山羊は死に、私は頭に傷を負った。さらには父にさんざんに殴られた。たまらず家から逃げ出したものの、どこに行けるわけもなく、二度としませんと誓いを立てて泣きついたあげく、ようやくなかに入れてもらった。

こうした初めての冒険の数々をこれで最後にするのはそうむずかしいことではなかったと思う。そうしていればこの本は書かれずじまいになり、ほかの苦労や愚行もやらずじまいだったかもしれない。親類の女性と結婚をするとか、どこか離れたところで氷河に足を取られて凍死していたかもしれない。それはそれで悪くないような気はする。だが、すべては違った結果になった。そして、起こったことと起こらなかったことをくらべるのは私のすべきことではない。

父の仕事の一つに、折にふれて行われるヴェルスドルフの修道院での奉仕作業があった。あるとき、たまたま病気になってそれに参加できなくなったため、その旨を修道院に伝えるよう私に命じたことがあった。しかし、私は言われたとおりにはせず、隣で紙とペンを借りて修道士宛てに手紙を書き、それを使い走りの女に持たせると、後はさっさと一人で山登りに行ってしまった。

翌週になって、ある日私が家に戻ると、神父がそこに座り、手紙の主を待っていた。私は少し不安になった。が、神父はあの手紙は実によく書けていたと私を褒め、ぜひとも自分のところで学ばせたいと思ってこうして親御さんの説得にやって来たのだと言う。そのときにはまたお目通りを許されていたおじのコンラートにも相談が行った。おじは一も二もなく賛成し、神父のもとで勉強したらその後は大学に進んで行く行くは立派な学者さまになるものと決めつけ、すっかり舞い上がってしまった。父が神父の説得を受け入れるにはそんな経緯もあったため、形のうえでは私の未来までもがおじの危なっかしいプロジェクトの一つに加わることになった。あの耐火性のパン焼きがまやヨットに代表される妄想、空想のたぐいに仲間入りしたのだ。

すぐに猛烈な勉強が始まった。なかでもラテン語、聖書の物語、植物学、地理学は大好きな科目になったが、こういうよそのものを習うことで、生まれ育った地をないがしろにしたり、せっかくの少年時代をむだにしていると思うようなことはなかった。ラテン語一つとってみても、いくら私が古代ローマの「偉人伝」の原文をすらすらと暗唱できるようになったとしても、父は私を農民にしただろう。だが、そうしなかったのは、父が私の本質的な部分に目を向け、そこに巣くっている怠け心を見て取っていたからだ。それはいわば枢要徳[4]として私の重心をなしており、私には決して克服できないものだ。それが私のなかで頭をもたげると、私は即座に仕事から逃げ、山や湖をひたすら歩きまわったり、斜面の隅に隠れるように寝そべっては本を読んだり夢想したりして、のらくらと過ごした。そんな私をいやというほど見ていたからこそ、父は最終的に私を農民にすることをあきらめたのだ。

このへんで私の両親について簡単に述べておいたほうがよさそうだ。母はかつては美しい人だったが、今もその名残をとどめているのは、すらりと伸びた引きしまった体つきと優美な黒い目だけになった。上背があり、力持ちで、働き者で、物静か。父に劣らず賢い人で、体力面では父を凌《しの》ぐほどだが、家のなかでは父を立てて差配はすべてまかせている。父は中背で、手足は男としてはきゃしゃなほどに細かった。頑固だが、頭はよくまわる。色白の顔によく動く小じわがたくさんあり、そこに短い眉間《みけん》の皺が加わる。眉を動かすたびにその皺が黒ずむので、傍目にはいかにも悩みごとをかかえているような印象を受ける。何か大事なことを思い出そうとしながら、どうせそれは果たせないと観念しているようにも見える。それをメランコリーと見なすこともできたかもしれないが、まわりにそういうことに注意を払うような人は一人もいなかった。というのも、この地域の住民は心をうっすらと曇らせるものを内にかかえていたからだ。それを引き起こしているのは長い冬であり、生命を脅かす危険であり、身過ぎの苦労や世間と隔絶した暮らしである。

私の本質をなす重要な部分はどれも両親から受け継いだものだ。母からは控えめに生きる知恵や信仰心、無口で物静かなところをもらってきたが、父からはと言えば、いざとなると気後《きおく》れがしてなかなか決心がつかなかったり、お金のからむ商売となるとからっきしだめだったり、じっくり腰を据えいつまでも飲んでいるというようなことだ。ただ、後のほうのは当時まだ年端もいかぬ少年のこととて表には現れていなかった。外見的には父からもらったのは目と口、母からは疲れ知らずのしっかりした足の運びと骨格と強靭な筋力だった。父方の家系からは農民特有の抜け目のなさだけでなく、陰気な性質や底なしの憂鬱《ゆううつ》にはまる傾向も受け継いでいた。この先長いこと

4　枢要徳は哲学用語で、最も根本的な徳のこと。西洋の古代哲学では、英知、勇気、節制、正義の四つを指し、四徳、四元徳とも言う。ここは、怠け心を自虐的に美徳にすり替えて使っている。

故郷の外に出てよそ者と渡り合っていくことになるのが確実になった以上は、そんな性向よりも少しくらい活発で陽気な軽々しさを持ち合わせているほうがよかったのだろうが。

とにもかくにも、そんなふうな少年に出来上がっていた私は、新調した服を着せられて人生の旅に足を踏み出した。外の世界に出て行き、以後自分の足で世の中に立ったという意味では、両親からもらった天分は充分に通用したと言える。ただ、学問をし世間にもまれながら暮らしても、ついに私の身につかなかったものがある。今でも昔と同じように山登りをしたり、十時間ぶっつづけで歩いたり小舟を操ったりすることはできるし、男一人ぐらいなら素手で打ち殺すことだってできなくもないが、こと処世術となると、いまだに身につかないままなのだ。早くから大地や動植物に一方的に親しんできた私の場合、人間社会に適応する能力はあまり養われなかったようで、この年になっても私の見る夢は、困ったことに、動物同然の生活に自分がどれだけ傾倒しているかの証《あかし》になっている。要するに、アザラシのような動物になって海辺に横たわっている夢をよく見るのだが、そのときに感じている気楽さは何ものにも代えがたいほどなので、目覚めたときに、ああまだ人間だったと気づいてほっとしたり喜んだりするようなことはまったくなく、むしろ単純に残念に思うことのほうが多いのだ。

私はごく普通に学費や食費も払うことなくギムナジウムで教育を受け、文献学者の道に進むことになった。その理由は誰にもわからない。これほど無益でつまらなく、私に縁遠い学問分野はなかったのに。

生徒としての歳月はまたたくまに過ぎて行った。取っ組み合いのけんかや授業に明け暮れながらも、たまらなく故郷が恋しくなったときもあれば、将来の夢に心躍らせたときもあったし、学問に対する畏怖の念に打たれたときもあった。だが、その間にも生来の怠け心が頭をもたげたせいで、顰蹙《ひんしゅく》を買ったり、罰を食らったりということが後を絶たなかった。何か新しく熱中できることが出てくれば、怠け心もしばらくはおとなしくしていたのだが。

「ペーター・カーメンツィント」とギリシア語の先生が言った。「きみは人づきあいの悪い強情っぱりだな、いずれそのせいでひどい目に遭うことになるぞ」私はぶよぶよに太った眼鏡の男を見つめ、話を聞きながら、こいつは変なやつだと思った。

「ペーター・カーメンツィント」と数学の先生が言った。「きみは怠けることにかけては天才だな。零点より低い点をつけられないのが残念でならないよ。きみの今日の成績は、私に言わせればマイナス二・五だ」私はまっすぐ先生の目を見、両目の視線が合っていないことに気づいて気の毒に思った。おもしろみのない男だとも。

一人、歴史の教授だけは「ペーター・カーメンツィント、きみは決していい生徒とは言えないが、でも、将来、いい歴史家になるだろう。怠け者だが、大きなことと小さなことを区別する頭を持っている」と言ってくれたことがあった。

だが、それもさして私には重要な意味を持たなかった。ただ、そうは言っても先生方に対する尊敬の念を失うことはなかった。彼らには学識があると思っていたし、私自身、学問というものに強烈な畏怖をいだいていたからだ。それに、私の怠けぶりを知らぬ先生はいなかったはずだが、私はちゃんと進級し、中以上の成績は取っていた。たぶん私は、学校にしても授業にしても所詮は満足を得られるものではないと気づいていたのだ。だから、その後に来るものに期待し、今はこんなこまごまとした下準備のようなことばかりやっているが、この先にはきっと純粋に知的なもの、疑いようのない確実な真の学問があると見ていたのだ。自分はそこで初めて、歴史の曖昧《あいまい》模糊《もこ》とした混乱や民族間の戦い、個々の魂が不安になって発する問いなどが何を意味するのか身をもって経験することになるのだろう、と。

もっとも、私のなかにはもっと切実な欲求が別にあった。友人が欲しくてならなかったのだ。

茶色い髪の、見るからにまじめそうな少年がいた。私より二歳年上で、カスパル・ハウリという名前だった。おとなしい性格で、身のこなしに落ち着きがあり、常に背筋を伸ばし、クラスメイトといても多くは話さなかった。私は何カ月ものあいだ仰ぎ見るような思いでこの上級生を慕っていた。路上で姿を見かければその後ろにつき、気づいてくれるのを待った。私には俗物としか見えない人物でも彼と挨拶を交わしているのを見れば、その人をねたましく思ったし、彼が出入りするのを目にした建物にまで嫉妬《しっと》した。だが、私とは学年が三つも違うし、彼自身は自分のクラスメイトでさえ相手にしていなかったような気もする。結局、私と彼とのあいだで言葉が交わされることは一度もなかった。その代わり、私からは何もしていないのに、小柄な病気がちの少年が私に近づいてきた。私より年下で、内気で、才能があるようには見えなかったが、美しく悩ましげな目と表情が印象的だった。病弱で少し発育に難があり、クラスのなかでいろいろとつらい思いをしていたことから、強いことにかけては一目おかれていた私に庇護を求めようとしたのだ。しかし、まもなく病気がひどくなり、学校に来られなくなった。彼がいなくなっても寂しいという気持ちは起こらなかった。そして、彼のことはすぐに忘れた。

同じクラスに、小器用に何でもこなし、音楽もやれば物まねもし、道化役さながらにみんなの笑いを取る、小柄なブロンド頭のお調子者がいた。私がこの同い年の男と友情を結ぶまでにはそれなりの苦労があったのだが、そのせいもあるのだろう、相手の快活な言動にはほんの少しではあるが常に恩着せがましさがつきまとった。それでも、とにもかくにも私は友人を得た。私は彼の部屋を訪ね、彼と一緒に本を読み、彼のギリシア語の宿題をしてやり、代わりに私の計算問題を手伝ってもらった。二人でたまに散歩にも行った。そんなときは熊とイタチが一緒に歩いているように見えたかもしれない。話すのはいつも彼のほうで、陽気でユーモアがあり話題に窮することがなかった。私は彼の話に聞き入り、笑い、こんなに元気で溌剌《はつらつ》とした友人を持てたことを喜んだ。

ところが、とんだ食わせものだった。ある日の午後、思いがけず、この小男が学校の玄関ホールで数人の仲間を前に得意の物まねを披露しているさまに出くわした。ある教師の真似をし終えてから、「じゃ、これは誰だと思う?」と言い、大きな声でホメロスの一節を読みはじめた。そのとき彼が忠実に真似てみせたのは、私がまごついたときの仕草、私のたどたどしい読み、私のごつごつした発音、私が集中したときに出る目をしばたたいたり左の目を閉じたりする癖だった。それはいかにも滑稽で、おもしろおかしく笑いのめしているようにしか見えなかった。彼が喝采《かっさい》を浴びながら本を閉じるのを見届けるや、私は後ろから歩み寄り、仕返しをした。言うべき言葉も見つからないまま、憤りと恥と怒りのすべてをただ一度の強烈なびんたに託した。その後すぐに授業が始まり、先生は教室に入って来るなり、ひいきの生徒が――そして、私のついさっきまでの親友が――頬を赤く腫《は》らし、めそめそ泣いているのに気づいた。

「誰がきみをそんな目に遭わせたんだね?」

「カーメンツィントです」

「カーメンツィント、前へ出なさい! 今、彼が言ったことはほんとうか?」

「はい」

「なぜ殴った?」

答えない。

「理由もなく殴ったのかね？」

「はい」

私は罰を受けることになった。そして、厳しく罰せられながら、無実の罪で責めさいなまれるときの恍惚《こうこつ》感にストイックに浸った。だが、私は禁欲主義者でもなければ聖人でもなく、ただの生徒でしかない。罰が済むと、今は敵となったブロンド頭に向かって思いっきり舌を突き出した。先生がぎょっとして私に寄って来た。

「恥ずかしいとは思わんのか？　何だってそんなことをする？」

「意地の悪いやつだからばかにしたまでです。それに、意気地《いくじ》なしですし」

こうして物まね芸人との友情は終わった。彼の後に続く者は現れず、私は大人へと成熟していく少年時代の年月を友人なしで過ごすことになった。しかし、その後、私の人生観や人間観は何度か変わりはしたが、あのびんただけは思い出すたびに満足感を覚えたものだった。ブロンド頭もそれを忘れずにいてくれればいいんだが。

十七歳のとき、ある弁護士の娘を好きになった。美しいひとだった。ちなみに私は、これまで生きてきて美しい女性にしか恋心をいだかなかったことを誇りにしている。そのひとやほかの女性のことで思い悩んだことは後で話すことにしよう。彼女の名前はレージ・ギルタナーと言い、今に至っても私などとはまったく別種の男たちから愛されてしかるべきひとだ。

そのころの私は体にみなぎる若い力を持てあまし、クラスの者とのつかみあいのけんかはしょっちゅうだったし、レスリングをしても、ラケットを握っても、競走をしても、ボートを漕いでも、どれも常に一番で、それを誇らしく思っていた。だが、その一方で心はいつも重かった。ただ、それ自体は恋物語とはあまり関係がない。単に思春期の甘い憂鬱のとりこになって、悲しいことを想像したり死を考えたり悲観的な見方をしたりすることに喜びを見いだしていただけのことだ。そんな私にクラスの仲間がハイネの詩集[5]『歌の本』を廉価版で読ませてくれたのは自然な成り行きだったとも言える。とはいえ、それは読むというようなものではまったくなかった——詩の行間に自分の心をまるごと注ぎこみ、一緒に悩み、一緒に詩作し、情感を紡ぐことに私は熱中した。それは鼻先に礼装用の胸当て《シュミゼット》を差し出された子豚のようなものだったろ

5　ハインリヒ・ハイネ　ドイツの詩人（一七九七〜一八五六）。『歌の本』は一八二七年刊。それまで著書や雑誌などに発表していたもろもろの詩を集大成した初めての定本詩集。

う。[6]そのときまで私はどんな「美しい文学」にも何も感じることがなかったのだ。ハイネの後にはレーナウ、シラーが続き、それからゲーテとシェイクスピアが来た。こうして、まだ淡いまぼろしでしかなかったものの、突然、文学は私にとって神となったのだった。

どの本からも人生の妙味を含んだ冷気が漂ってくる。その冷気に触れるたびに私は全身がぞくりとするのを感じた。だが、それは決しておぞましいものではなく、むしろ甘美なおののきと言ってもいいものだった。そこに描かれた人生はこの世に存在したものではないかもしれないが、それでも真実をついており、感動を覚えた私の心に波紋を広げ、己《おの》が運命を終《しま》いまで辿《たど》りたがっていた。近くの鐘楼《しょうろう》からあがる時鐘《じしょう》と、すぐそばに巣くうコウノトリが出す乾いた音しか聞こえない屋根裏部屋の片隅でも、本を広げるだけでゲーテやシェイクスピアの創り出した人たちが私のもとを行き来した。人間の持つ神々しさと滑稽さが明らかになった。矛盾だらけで野放図な心の謎。世界史の本質。私たちの短い生涯の日々を輝かせ、認識の力によってこの小さな存在を必要不可欠にして永遠なものへと高める精神という大いなる驚異。細い小窓から頭を突き出せば、狭い小路と屋根の上に輝く太陽が見えるし、日々の生活や仕事に伴うさまざまな物音が混じり合い、不思議な音になって聞こえてくる。偉人たちで埋めつくされた屋根裏の読書コーナーという、この孤独で神秘的な空間にいるだけで、私はこの上なく美しいメルヘンに包まれているような錯覚に陥っていた。だが、読む量が増え、屋根や小路や日常の風景に目をやるたびに妙なよそよそしさを感じることが多くなると、時おり、もしかすると自分も見る人なのかもしれない、目の前に広がっているこの世界は私に、そこに埋もれている宝を掘り出し、偶然や月並みというヴェールを剝《は》がし、自ら詩人となってその宝を埋没の危機から救って永遠の命を与えてくれることを期待しているのかもしれないという感情が、ためらいがちに私のなかで頭をもたげるようになった。そのたびに私は胸を締めつけられ、いたたまれない気持ちになった。

気恥ずかしさを覚えつつも私は創作の真似事《まねごと》をするようになり、いつしか数冊のノートが小説の構想や短篇や詩で埋まるまでになった。どれももう手許《てもと》には残っていないし、たいして価値もなかっただろうが、それでも私に胸の高鳴りや高揚感をもた

6　ここは猫に小判、豚に真珠、馬の耳に念仏などと同様の表現。

らすには充分だった。わずかながら、そうした習作に批評文やわが身を省みる文章も続いた。ところが、最終学年になって、生まれて初めての挫折を味わうことになった。たまたまゴットフリート・ケラー[7]の本が何冊か手に入り、それを二度、三度と繰り返し読むうちに、それまで自分の書きためたものが急にまがいものに見えてきて、目の前から一掃してしまいたくなったのだ。突如、自分の未熟な夢物語が妥協なく真実に迫る本物の芸術からいかに遠いかを思い知らされた私は、自分の詩や小説を残らず焼いてしまうと、調子に乗って深酒をした夜の翌朝のような気分に陥りながら、目の前に広がる世界に悄然《しょうぜん》として醒《さ》めたまなざしを向けた。

2

恋愛について話すとなると、私は生涯を通じて少年のままだったと言うほかない。私にとって女性への愛というのはただひたすら対象を崇めるもので、心のどこか暗いところでぽっと炎が燃え立ち、それがめらめらと燃え上《あが》ったときにはもう崇拝の祈りの手が青々とした天に向かって差し出されている――そんなことの繰り返しだった。私が女のひとを自分には縁遠い、美しく謎めいた存在として敬慕のまなざしで見るようになったのは、母のせいもあるかもしれないが、それだけでなく、自分でもよくわからない持ち前の感受性によるような気がしている。そういう美しく謎めいた性としての女性は、生まれつきそなわっている美しさと統一性によって私たちにまさり、私

7 ゴットフリート・ケラーはスイスの作家（一八一九～一八九〇）。代表作に自伝的教養小説『緑のハインリヒ』がある。

たちが厳粛に守っていかなくてはならない存在だ。というのも、それは星や青い山の頂きと同じく私たちのはるか遠くにあり、それだけ神に近いように見えるからだ。がさつな生活を送っていると、方々から雑音も入って来る。女のひとを愛することで私にもたらされたのは甘やかなものばかりではない。当然、苦いものもあった。女性が高い台座に立っていることに変わりはなかったが、祈りを捧げる聖職者のおごそかな役割は私の場合はやすやすと愚か者の道化に変じ、からかわれ、ばかにされて気まずい思いをするのが落ちだった。

レージ・ギルタナーとは食事に行くときにほぼ毎日のように逢《あ》った。十七歳。しっかりしなやかに成長した少女だ。ほっそりとした面立《おもだ》ちで、みずみずしい小麦色の顔からは魂の息吹を秘めた静かな美しさが覗《のぞ》いていた。それはそっくりそのまま彼女の母親にも見て取れる。その前は祖母や曽祖母もそうだったのだろう。この古くから続く由緒正しい家からは代々、物静かで気品があり、みずみずしく気高く、そして非の打ちどころのない美しさをそなえた女性たちが輩出し、見るからに大きな連なりをつくっていた。十六世紀の名匠の手になる、私が目にしたなかでもこの上なく素敵な絵の一つにフッガー[8]家の少女像があるが、それこそはギルタナーの女性たちの似姿のように私には思えた。そして、レージもその一人だった。

もちろんそのすべてを私が当時すでに知っていたわけではない。私が見ていたのは歩いているときの彼女には静かで明るい気品がただよっているということぐらいで、その姿を目にするだけで私は彼女に気高さを感じていたのだ。そのころ私は日が暮れるとよく夕闇のなかに座って考えごとをしていた。そして、彼女の容姿を目の前にありありと思い浮かべられるようになると、甘くひそやかなおののきがまだ少年の私の心を貫くようになった。だが、すぐに、そうした快感にはそのつど暗い影が差し、私に苦い痛みをもたらすこととなる。ふいに、彼女が遠い存在のように思え、私のことなんか知りもしなければ尋ねようともしないだろうという気がしたのだ。さらには、私が夢にまでみたその美しい似姿は彼女の恵まれた育ちから私が勝手に剽窃《ひょうせつ》したものではないかという思いまで湧いてきた。そして、これはこんなにもきつく痛めつけるものなのかと感じるようになると、もう、彼女の似姿が目の前に本物そっくりに生々しく息づいて現れるたびに、私の心は暗く暖かい大波に呑まれ、末端の脈に至る

8 フッガー家は十五世紀の初期資本主義時代に大財閥をなした南ドイツの豪商。

まで奇妙な痛みを覚えてしまうのだった。

日中、授業を受けている最中に、あるいは激しい取っ組み合いをしているさなかに、その大波がやって来たことがあった。すぐに私は目を閉じた。あるいはだらりと手を下ろした。生暖かい淵に吸いこまれるように落ちて行く自分がいる。が、次の瞬間、教師の呼ぶ声に、あるいは仲間のこぶしの一撃に、はっとして我に返った。私はその場を逃れ、戸外に走り出た。そして、周囲に目をやると、そのとたん妙な夢見心地に陥ってしまった。目の前には何とも美しい世界が広がっていたのだ。あらゆるものに光が降りそそぎ、すべてのものの息づかいが聞こえてくる。澄みきった川面の緑、屋根の赤、山々の青、どこもかしこもあざやかな色に充ち満ちていた。だが、私はこうした美しさに大喜びできるような性分ではなく、悲しいかな、ただ静かに受け止めることしかできなかった。どんなものでも美しさが増せば増すほど、私には縁遠いものに思え、私自身はそこに加わることなく、常にその外に立っていた。私の鈍い頭がレージに通じる道を再度見つけたのは、そんなことを経たうえでのことだった――今この瞬間に私が死んだとしても、彼女がそれを知ることはなく、それについて尋ねることもなく、そのことで悲しむこともありはしない。ならば、そもそも彼女に気づいてもらおうなどと思わなければいいだけのことだ。ここは彼女のために誰もしたことがないことをやってみよう。差出人不明の贈りものをすることにしよう。

こうして、することなすことが彼女のためということになった。ちょうど短期休暇に入ったこともあり、私も家に帰された。そこでは毎日のように力業《ちからわざ》にいそしんだ。すべてはレージに敬意を表してという意味をこめてのことである。難易度の高い山を選び出し、そのなかでも最も険しいコースを取って登った。湖では小舟を使って短時間でどれだけの距離を漕げるか試した。その後はくたくたになって家に帰って来るのだが、どんなに空腹でも夕食まで飲まず食わずにいようと自分に言い聞かせた。すべてはレージ・ギルタナーのためだ。そんなふうにして、人里離れた尾根や人跡未踏の山峡へ分け入っては、心のうちで彼女の名を称《とな》え、彼女を讃えていた。

することと、そこに思わぬ副産物が生まれた。教室のなかでちぢこまっていた若さが喜びを取り戻したのだ。肩に力強さが増し、顔から頸《くび》にかけて褐色になった。体じゅうの筋肉がはちきれんばかりにたくましくなった。

休暇も明日で終わりという日に、私は愛するひとに捧げるための花を苦労の末に取って来た。山腹の細い岩棚にエーデルワイスが誘惑するように咲いているところはいくつか知っていたが、あの香りも色彩もなく病的にすら見える銀色の花は生気に乏しいばかりか、さほど美しくもないと私は常々思っていた。それに代わるものとして目をつけたのはアルプスシャクナゲで、それは断崖のような岩壁に出来た細い溝に、風に吹き寄せられたように小さな茂みをなして点々と生えている。時期的にはもう咲き遅れたものだが、それだけに取れるものなら取ってみろと言わんばかりに私に誘いをかけてきた。よし、行こう。私の肚《はら》は決まった。若さと恋心に不可能なものは何もない。手に擦《す》り傷をつくり、太ももを引きつらせながらも、最後は目標を達成した。足場が危なっかしい状況では歓声もあげられなかったが、それでも、そうっと手を伸ばしてしぶとい枝を折り取り、獲物を手中にしたときには、嬉しさのあまり心臓は高鳴り、ヨーデルをかなでていた。花を口にくわえ、岩肌にしがみつきながら下りていく。怖いもの知らずの少年がどうやって岩山のふもとに無事帰還したかは神のみぞ知るだ。山全体を見わたしてもアルプスシャクナゲの花期はとうに終わっていた。私の手のなかにあるつぼみや咲きかけの花をつけた枝はこの年最後のものだった。

翌日、私はその花をまるまる五時間の旅のあいだ両手にかかえつづけていた。当初は、自分は今愛しいレージの住む街に向かって進んでいるんだとの思いで心臓が激しく打っていた。が、高々とそびえ立っていた山なみが遠ざかるにつれ、生まれ育った土地に対する愛着の情が強まり、それが私を押し戻そうとする。あのときの鉄道の旅ほど心に焼きついているものはない！　ゼンアルプシュトック山はとうに見えなくなり、その手前に連なる山々も一つまた一つと彼方に沈んでいった。そして、そのたびに味わったかすかな悲哀、あれは私の心から故郷の山々が剝ぎ取られるような気がしてならなかったからだ。やがて、その山々が遠くに没してしまうと、明るい緑におおわれた平坦な風景が一気に目の前に広がった。初めてここを旅したときには何の感動も覚えなかったのに、このときは不安と恐れと悲しみがいっせいに私に襲いかかってきた。まるで、おまえはこのまま平らな土地へと進むほかなく、二度と故郷には戻れない、したがってあの山々ばかりか山間の村に住む機会も失うことになるだろうという判決を言い渡されたような心持ちだった。とはいえ、その一方で愛しいレージの面長の顔が片時も私の前から去らなかったことも確かだ。その上品でよそよそしく冷ややかで、私のことなど意にも介さないといったそぶりを思い浮かべると、やるせなさと苦痛とで息苦しくなるばかりではあったが。窓の外をこぎれいな村が細長い塔や白い切妻と一緒に次々と過ぎて行く。降りる人がいて、乗りこんで来る人がいる。話しかけ、挨拶し、笑い、タバコを喫《す》い、冗談を飛ばす、根っから陽気な低地の人びと。如才なく、遠慮も知らず、世故にたけた人たち。その真ん中に私は一人むずかしい顔をした高地の若者として、押し黙ったまま悲壮感を漂わせながら歯を食いしばって座っている。俺はもう故郷を持たない人間なんだ。山々を永久に奪われてしまったのだ。だが、この低地の人のようになるなんて、陽気で如才なく口達者で自信満々な人間になるなんて俺にはとうてい無理だ。こういう人たちはきっと俺を笑いものにする、こういう人がいずれギルタナーと結婚するんだ、こういう人が道を歩くときには俺の一歩先を行くんだ……。

そんな考えをいだいたまま私は街に入った。挨拶もそこそこに済ませて屋根裏部屋に上ると、トランクを開けて大判の紙を取り出した。決して上等なものではない。その紙でアルプスシャクナゲをくるみ、特別に家から持って来たひもで結わえた。とても愛の贈りものには見えなかったが、私は大まじめだった。それを持ってギルタナー弁護士の住む通りまで行くと、ここぞという時を見計らって開いているドアを抜け、夕方の薄闇に沈む玄関ホールをざっと見わたしてから、広くて立派な階段にその不恰好な包みを置いた。

　誰一人私を見ている者はいなかった。レージが私からの愛の挨拶を見てくれたのかどうかも確かめるすべはなかった。だが、私は岩壁によじ登り、折り取った一枝のシャクナゲを彼女の家の階段に置くことに命を懸けた。そこには甘く、悲喜こもごもの、詩的なものがある。そう考えるだけで私は元気になれたし、今でもそう思う気持ちに変わりはない。少々口幅ったい言い方になるが、あのシャクナゲの冒険譚《たん》は後の恋物語と同様、いわばドン・キホーテ流の世間知らずな企てだったようにも思えてくる。

　この初恋は結末を見ることなく、問いかけても答えを得られぬまま過ぎ去っていく青春の歳月とともに影をひそめ、やがてはその後私が愛したひとたちに静かに寄り添う姉のような存在になった。今もなお私は、あの由緒正しい裕福な家に生まれ、静かなまなざしを持った少女ほど高貴で純粋で美しいものを思い浮かべることができない。私があの神秘的な愛らしさを湛《たた》えた名もなきフッガー家の娘の肖像をミュンヘンの歴史の展覧会で見ることになるのはそれから何年か後のことになるのだが、そのとき私には、青春時代特有の熱狂と悲哀とがまるごと自分の前に立ちはだかり、底知れぬ深みから救いようがないと言わんばかりの視線をこちらに向けているように思えたものだった。だが、そんなふうでありながらも、私は少しずつ着実に脱皮を重ね、やがてはいっぱしの青年になった。そのころに撮ってもらった写真を見ると、粗末な制服を着こんだ、がっしりして上背のある農家の小せがれが写っている。目はいくぶん生気に欠け、手足もしゃきっとしているとは言いがたい。頭だけはどこか早熟でしっかりしたものを感じさせる。少年時代にきちんと守っていた行儀のよさを放り出した自分の姿には驚きも覚えたが、このときはまだ、やがて訪れることになる学生時代に対して期待に胸をふくらませて大喜びしていたわけではなかったのだ。

私はチューリヒの大学で学ぶことになった。私を支援してくれる人たちからは特段の成績を残したなら研究旅行をさせてやってもいいという話まで出た。それを耳にするなり、私の目の前には古代を思わせる一幅の絵が映し出された。ホメロス[9]やプラトン[10]の胸像が並ぶ心なごむ園亭があり、私はそこに座りながら大型本に身をかがめている。四方を見まわせば街や湖、山々が一望でき、遠方までもくっきりと見晴らせる——冷静さを保とうとすればするほど、かえって気持ちは昂《たか》ぶっていった。将来、幸運を手に入れられるかもしれないと考えると、私は俄然、楽しくなってきた。よし、ならば、それに値すると見なされることをやってやろうじゃないか、そう思った。

最終学年はイタリア研究に没頭し、年配の作家と近づきになる機会も持てた。ただ、知り合いになった作家との付き合いを深めるのは、チューリヒで学ぶようになってからの最優先事項とすることにした。やがて先生方と家主に別れの挨拶をする日がやってきた。小さな木箱に荷造りし、釘を打ち終えると、悲しくはあったがこれを最後とばかりにいそいそとレージの家まで出かけて行き、ぐるりと家を一まわりして帰って来た。

こんなふうにして迎えた休暇だったが、私を待ち受けていたのは人生の過酷さの前触れとも言えるもので、それは私の夢の翼をもいともあっさりともぎ取ってしまった。まず、その一つは母が病気になっていたことだ。ベッドに横たわったままで、ほとんど口もきけず、私が帰って来たのを見ても喜びの声すらあげられなかった。そんな母を前に愚痴をこぼすつもりはなかったが、それでも、喜び勇んで帰って来た身にとっ

9　ホメロスは古代ギリシアの英雄叙事詩『イーリアス』『オデュッセイア』の作者とされる伝説的人物。生きた年代も生地も諸説あり、不詳。

10　プラトンは古代ギリシアの哲学者（紀元前四二七〜同三四七）。哲学的論議を収めた「対話篇」と呼ばれる三十篇に及ぶ著作が伝わっている。

て何の反応も見せてもらえないのはやはり悲しかった。もう一つは、父から、おまえが次は大学で学びたいと思うのはかまわないが、そのための金を出してやることはできないと明かされたことだ。わずかばかりの奨学金ではとても足りないだろうが、そうなったら必要な分は自分で稼ぐことだな、俺はおまえぐらいの年齢《とし》のときにはとっくに自分の食べる分は自分で稼いでいた、云々。

野山を歩いたり、小舟を漕いだり、山登りをしたりも今回はそう多くなかった。家事や畑仕事を手伝わなくてはならなかったからだが、たまにぽっかりと半日が暇になるようなことがあっても、何もする気にならなかった。本さえも読む気にならなかった。日常生活の部分が大きく口を開けて幅をきかすようになり、自分が意気揚々と持ち帰ったものが日常の生活では不要なものとして蝕《むしば》まれていくさまを見ていると腹立たしくてならなかったが、それさえもいつしか無力感に変わってしまった。ちなみに父は、金の問題を持ち出したとき、やはり気にはしていたらしく、そんなときの常で、ぞんざいでぶっきらぼうな口ぶりにはなったものの、私を突き放すようなことはしなかった。けれども、そんなふうに出られても私は少しも嬉しくなかった。それに、私が学校教育を受け書物と親しむようになったことに対し、父は口にこそ出さなかったが、どうも半ば軽蔑のこもった敬意をいだいていたような節があり、そんなことも私は気に入らなかったし、残念でならなかった。それから、レージのこともたびたび考えるようになった。だが、またしても、いつかこの「世の中」で頼りになる機敏な男を演じるなんてことは農民出の俺にはとうていできない芸当だと自分で勝手に決めこんでしまう悪い癖が顔をのぞかせただけだった。さらには、いっそのことここにとどまり、このみすぼらしい故郷での何の刺激もない陰気な生活に身をゆだね、ラテン語ももろもろの希望もきれいさっぱりと忘れてしまったほうがよくはないかと思案する日も何日となく続いた。いくら歩きまわろうとも悩みにつきまとわれ、気分は晴れない。病床の母に付き添っても慰めや安らぎは見いだせなかった。夢にまで描いたあのホメロスの胸像がある園亭の絵があざわらうように目の前に現れた。私はそれをめちゃめちゃに壊し、うちひしがれた身がいだく敵意と怒りのありったけをそこに降りそそいだ。腹立たしさと葛藤《かっとう》ばかりでまったく希望の見えない日々は何週間にも及んだ。その耐えきれないほどの長さに、これでは自分の青春がまるごと失われてしまうのではないかと思わずにはいられなかった。

こんなふうに自分の思い描いていた夢物語がいともあっさりと日常の生活に壊され

ていくのを目の当たりにして驚き憤慨していた私だったが、やがて、今度は、そんな苦境にあっても人はある日突然そこから力強く脱することができるものなのだという ことに驚かされることになった。偏見に凝りかたまった私の目には日常生活というのは毎日が変わりばえのしない単調な仕事の連続であるとしか見えていなかったのだが、それがいきなり永遠の深みを伴って私の前に歩み出て、私の青春に単純かつ強力な経験を負わせたのだ。暑い夏の日のことで、夜明けにはまだ間があった。ふと目が覚めて喉の渇きを覚えた私は、キッチンへ行こうと立ち上がった。そこには汲みたての水を入れた樽が置いてある。キッチンへは両親の寝室を抜けて行くことになる。と、母のうめきがいつもと違うことに気づいた。思わず母のベッドに歩み寄った。が、母は私には目を向けず、返事もせず、乾いた、不安に満ちたうめきを洩《も》らしている。まぶたをぴくぴくさせ、顔は青白い。それを見て取り立てて驚きはしなかったものの、やはり少し不安になった。シーツの上に置かれた母の両手に目を転じると、寄り添って眠るきょうだいのようにじっとして動かない。その手を見て私は、母はもう死に瀕しているのだと思った。どう見ても生きている者の手ではない。疲れきっていて、意志が感じられないのだ。私は喉の渇きも忘れ、母の寝床のわきにひざまずき、その額に手を置いて母の視線を探った。その目が私と合った。苦悶は感じられないおだやかなまなざしだ。だがほとんど消えかかっている。私は、そのわきですさまじい寝息を立てて眠っている父を起こさなくてはならないとは思いつかなかった。

そんなふうにしてほぼ二時間ひざまずいたまま、私は母が死を受け容れていくさまを見つめていた。母はそれに静かに、まじめに向き合い、気丈に耐えていた。いかにも母らしく、そして、私のよき手本となるべく。

部屋は静まりかえり、ゆっくりと立ち上ってくる朝の明るさに満たされていった。家も村もまだ眠ったままだ。私には、頭のなかで死に行く者の魂に寄り添って、家を越え、村を越え、湖を越え、雪の峰をも越えて、澄みきった早朝の空の冷たい自由の空間へ行くだけの時間が充分にあった。苦痛はあまり感じなかった。大きな謎が解けるさまを、生の円環がかすかな震えとともに閉じるさまを見ることが許され、驚きと畏敬の念でいっぱいだったからだ。また、去りゆく者の不平一つこぼさない気丈さも崇高と言うにふさわしく、たとえむごさの伴う栄光ではあっても、そこからの涼やかに澄みきった光は私の魂にも降りそそいだ。父がそばで眠っていることも、聖職者がそこにいないことも、帰り行く魂を神聖にすべく添えられる秘跡も祈りもないことも、私の頭からはすっぽりと抜け落ちていた。私が感じ取っていたのは、永遠の恐ろしいまでの吐息が明るくなっていく部屋にあふれ、私の骨の髄まで覆おうとしていることだけだった。最後に私は、目はすでに生気を失っていたが、生まれて初めて母の冷たくかさついた口にキスをした。とたんに、その異質な冷たさに背筋を戦慄が走った。私はベッドの端に座ったまま、大粒の涙が一つまた一つと、ゆっくりとためらいがちに頬から顎を伝い、手に落ちるのを感じていた。

まもなくして父が目を覚ました。私がそこに座っているのを見ると、寝ぼけ声で、どうした、何かあったのかと声をかけてきた。私は父に答えようと思ったものの、何も言えず、そのまま部屋を出ると、まだ夢でも見ているかのようにして自分の部屋へ行き、ぼうっとしながらのろのろと服を着た。すぐに父が私の部屋にやって来た。

「母さんが死んだ」と父は言った。「おまえ、知ってたんだな？」私はうなずいた。

「何で俺を起こさなかった？　神父さまも呼ばずに！　おまえってやつは――」父は悪態をついた。

ふいに頭のなかを痛みが走った。血管がはじけたときのような痛みだ。私は父に歩み寄り、両手をぐいとつかんでから――力にかけては私にくらべれば父は少年でしかない――父の顔を覗きこんだ。何も言えはしなかったが、父は口をつぐみ、沈痛な面持ちになった。そのまま二人で母のところに戻ると、死の力に圧倒されたのだろう、父の顔はいつになく厳粛になった。それから父は死者のほうへ身をかがめ、子どもみたいにめそめそと泣きだした。小鳥のような甲高《かんだか》く弱々しい声だった。私はその場を離れ、近所の人に知らせてまわった。みんな私の言うことに耳を傾け、訊き返すことはせずに、私に手をのべ、口々に片親をなくした家庭に協力を申し出てくれた。一人が神父を連れに修道院へ走った。私が戻って来たときには近所のおばさんがうちの家畜小屋で雌牛の世話をしていた。

神父がやって来た。この村の女性たちもほぼ全員が来てくれた。何もかもがひとりでに事が運ぶようにきちんと時間どおりに進められた。柩《ひつぎ》さえも私たちが手を下すようなことは何もなかった。こういうたいへんなときには土地の人間として小さくても信頼できる共同体に属していることがどんなにいいことか、私はこの目で見て初めてはっきりとわかったのだった。明くる日にはそのことをほんとうはもっと深く考えるべきだったのかもしれない。

柩が祝福されて地中に沈められ、もの悲しさを誘う古風なシルクハットをかぶった一風変わった一団もいなくなり、私の父のも含め、古びてけばだった帽子がそれぞれ元の小箱や戸棚に収まってしまうと、父がにわかに弱気になった。自分で自分を哀れみだし、ことさらに聖書にあるような言いまわしを使ってその悲惨さを私に訴えた——妻が埋葬されたうえに、今度は息子までが俺を棄ててよそへ行こうとしている。俺はただそれを見ていることしかできない。きりがなかった。私はただただ驚いて父の話に耳を傾けていた。そして、ほとんど、ここに残るよ、約束する、と言うつもりになっていた。

だが、答えを言いかけていたその瞬間、何とも奇妙なことが私の身に起こった。ほんの一秒ほどのあいだに、私の内なる目がぱっと開き、その前に私が幼いときから考え、切望し、欲しくてたまらなかったものがいっせいに現れたのだ。大きな素晴らしい仕事が、読むべき本が、書かれるべき本が私を待っている。フェーンの行き過ぎる音が聞こえ、はるか遠くの湖と岸辺が南国の色に染まって輝いているのが見えた。いかにも賢そうな知的な顔の人たちが歩いて行く。美しく上品な女性も。街道を行く。アルプス越えの峠道にさしかかる。鉄道が国々を疾走して行く。そのすべてが同時に、それでいて一つひとつはっきりと見えた。そしてその背後にはくっきりと浮かび出た地平線を越えて無限に広がる空間があり、そこを渡って行く雲がある。学ぶ、創る、見る、歩きまわる――ほんのちらりと見ただけなのに、そこには生を満たすもののすべてが目の前で輝いていた。そして、あの少年時代のときのように、私のなかの何かがまた自分ではわからない強大な力に強いられて世界の大きな広がりを前にして震えていた。

私は押し黙り、父の話すにまかせた。ただかぶりを振り、父の昂《たか》ぶりが収まるのを待った。そうなったのはようやく日も落ちたころだった。私は父に自分の決心が固いことを話した。大学で学び、ゆくゆくは知の領域に自分のふるさとを求めようと思っていることを、でもそのために父さんに援助を請うようなことはいっさいしないことを説明した。父はそれ以上私に迫ることはせず、悲しそうに首を振りながら私を見つめた。私が今からは自分の道を歩み、父の人生から急速に離れていくことになるのを、父もわかっていたからだ。今こうして書きながらその日のことを思い出すと、あの晩も父はこんなふうに窓辺の椅子に座っていた。その鋭く抜け目のない農民の頭は細い頸にしっかりと載っている。短く刈りこんだ髪は白くなりはじめ、頑《かたく》なでいかめしい顔つきの裏ではきっと迫り来る老齢と苦悩を相手にしぶとい抵抗戦を展開しているのだ。

父について、また当時私が実家で過ごしたときのことについては、ささやかながら重要でなくもない出来事も話しておかなくてはなるまい。その週のうちには旅立つことになっていたある晩のこと、父が縁なし帽をかぶり、ドアノブに手をかけた。「どこへ行くの？」と私は訊いた。「おまえには関係ないだろう？」と父は言った。「やましいことじゃないんだったら、話してくれてもいいじゃない」と私は返した。すると、父が大きな声で笑ってから言った。「一緒に来てもいいぞ、もうガキじゃないんだから」というわけで私も一緒に行くことになった。飲み屋へである。農家の人が数人ハラウ産のワインが入ったジョッキを前に座り、よそから来た荷運びが二人アブサンを飲んでいる。若者の群がるテーブルはトランプ遊びをやっていて、大いに盛り上がっていた。

たまにグラス一杯のワインを飲むことぐらいは私も習慣にしていた。しかし、必要もないのに飲み屋に足を踏み入れたのはこれが初めてだった。父が相当な酒飲みであることは噂では知っていた。その飲みっぷりは半端でなく、ふだんはそんなに家計をおろそかにするような人ではないのだが、その酒量のせいでわが家は常に絶望的な貧しさに陥っていた。飲み屋の亭主と客たちから父がどれほど敬意を払われているかはすぐにわかった。父は一リットルのヴォー州ワインを持って来てもらい、私に注《つ》ぐよう促してから、そのやり方を手ほどきした。まず低い位置から注ぐんだ。それからぐっと上に持ち上げてほどよい高さにし、最後はまたできるだけ深く瓶を沈める。次に父は自分の知っているワインについて片っぱしから話していった。街へ出たりとかイタリア方面へ行ったりとか、そういうめったにない機会を逃さず利用して味わったものについてだ。深紅のヴァルテッリーナ産のワインについては、これには三種類あってな、と大まじめに話してくれた。ヴォー州産の瓶詰めワインに話が及ぶと、ことさらに声を低め、訴えかけるような調子になった。最後のヌーシャテルのワインについてはほとんどささやき声になり、おとぎ話の語り手のような表情になっていた。そうこれはな、当たり年のときには、グラスに注いだときの泡が星形になるんだ。そう言って父は人差し指を軽く湿らすと、テーブルにその星形を描いて見せた。それからは、まだ一度も飲んだことのないシャンパンというものの味と特徴について滔々《とうとう》と自説を展開しだした。父に言わせると、それはたった一本で二人の男をへべれけにさせるらしい。

黙りこんで思案顔になった父がやおらパイプに火をつけた。そして、私が吸うものがないことに気づくと、葉巻でも買えと十ラッペン[11]渡してくれた。それからは二人で向かい合って座ったまま、煙を顔に吹きかけ合いながら、ゆっくりちびちびと飲んで、最初の一リットルを空にした。黄みを帯びたぴりっとした風味のヴォー州ワインは素晴らしい味だった。いつしか隣のテーブルに座っていた農家の人たちが会話に加わり、ほかの客も咳払いしながら一人また一人と私たちのところに移ってきた。まもなく私までも話題の中心に引っぱり出され、私の登山家としての評判がまだ忘れられていないことが明らかになった。無鉄砲な山登りやばかみたいな転落話が、神話のヴェールに包まれて語られ、反論したり弁護したりが繰り返された。そんなこんなで酒も進み、気づいたときには二リットルめが空になり、私の目のなかでは血がうなりをあげていた。そして、あろうことか、私は大きな声でひけらかしを始め、身のほども顧みずもっと高いゼンアルプシュトックの岩壁をよじ登ったことまで話した。レージ・ギルタナーのためにアルプスシャクナゲを取りに行ったところだ。誰も私の言うことなど信じようとしなかった。私は声を張り上げて断言した。どっと笑い声があがった。腹立たしくなったので、それなら、俺の言うことを信じないやつとは格闘だ、何ならこの場に居合わせている人たち全員を相手にしてもいいぞ、と息巻いた。すると、腰の曲がった年配の小男が配膳台のところへ行き、大きな炻器《せっき》[12]のジョッキを持って来て、それをテーブルの上に寝かせた。

「こうしようじゃないか」と言って男は笑った。「そんなにおまえが強いってんのなら、このジョッキをこぶしでたたき壊してみろ。そうしたら、この器に入るだけのワインを俺たちがおごってやる。できなかったら、逆におまえがそのワイン代を払うんだぞ」

父はすぐさま同意した。そこで私は立ち上がり、テーブルクロスを手に巻きつけて打ちかかった。こぶしを二回食らわせても、びくともしなかった。だが、三回めでジョッキは粉々になった。「払え！」父が大声を発し、満面に笑みを浮かべた。小男の老人は納得したようだ。「いいだろう。ワイン代は払う。ただし、このジョッキに入るぶんだけだ。どう見ても、たいして入らんがな」たしかにこんな破片では一

11 ラッペンはスイスの貨幣単位。百ラッペン＝一スイス・フラン。
12 炻器は粘土器の一種で、硬さは硬磁器と陶器の中間。

ショッペン[13]も入らない。おまけに私は腕の痛みに加えてあざけりまで頂戴してしまった。父も今は大声で笑っていた。

「なるほど、これであんたの勝ちってわけか」私は大声で怒鳴りながら、自分たちの瓶を手に取ると、その破片になみなみと注ぎ、それを老人の頭にぶっかけてやった。こうして私たちは再び勝者となり、やんやの喝采を浴びたのだった。

　この手の悪ふざけはどんどんエスカレートしていった。やがて私は父に引きずられるようにして家に帰り、母の柩が運び出されてからまだ三週間にもならない部屋を二人とも酔った頭で気にも留めず、騒々しく通り抜けた。私は死んだように眠り、朝になってもまだぼろぼろというていたらくだった。そんな私を見て父はからかいの言葉を投げ、明るく元気いっぱいで、見るからに自分の強さを喜んでいた。私はと言えば、もう二度と大酒は飲むまいとひそかに誓いながら、出発の日をひたすら待ちわびた。

　その日がやって来た。私は出発した。だが、誓いは守っていない。あの黄色いヴォー州ワイン、深紅のヴァルテッリーナ産ワイン、ヌーシャテルの星形ワイン、その他たくさんのワインは、以来、私のよく知るところとなり、よき友となっている。

3

故郷の無味乾燥で重苦しい空気から抜け出すと、私は歓喜して、めいっぱい羽を伸ばした。普通に暮らしていて貧乏くじを引くようなことになっても、青春時代というのはどこか特別な熱狂的な快感を味わえるもので、私もそれを大いに存分に味わった。それは、花が咲き乱れる森のはずれで休息する若い戦士にも似て、戦闘と戯れのあいだの不安ながらも至福のときを生きるようなものだった。そして、見る人が胸騒ぎを覚えたときのように、私は暗い深淵のほとりに立ち、洪水のような水音と荒れ狂う嵐に耳を澄ませ、いろいろなものの調和した響きと生きとし生けるもののハーモニーを聴き取れるよう心の準備をした。なみなみと注がれた青春の杯を喜んで飲みほし、美しい女性にひそかに思いを寄せてはひとり甘い悩みに苦しみ、友情という男どうしな

13　五〇〇ミリリットルほど。

らではの楽しく純粋な、かつ青春時代の最も貴い幸せもとことん賞味した。

新しいバックスキンのスーツを着、本や身の回り品が詰まった小さなトランクを手に私はこの地に到着した。世界の一角を征服し、できるだけ早く故郷の連中に、自分はほかのカーメンツィント家の者とは出来が違うんだということを見せてやりたいと思いながら。見晴らしがよく風通しもよい屋根裏部屋に住みつづけた三年間は驚きの連続で、その間に私は学んだり創作したり恋しがったり、この世のありとあらゆる美しさが私を暖かく包んでくれるのを肌で感じたりした。毎日温かいものを食べられたわけではないが、それでも昼夜を問わずいつ何時でも、歌い、笑い、嬉しさに感きわまって心で泣いた。そして、熱くひしと抱きしめようとするこの愛すべき人生に私は身をまかせた。

チューリヒは、私という青二才のペーターが初めて目にした大都市で、数週間は目を丸くしどおしだった。都市の暮らしを見て感心するとかうらやむとかは、正直私の頭にはなかった——その点では私はまさに農民だった。だが、道路や家や人間の多様さには嬉しくなった。馬車がひっきりなしに往来する通りや船着き場、広場、庭園、豪華な建物、教会などはじっくり観察した。仕事熱心な人たちが群れをなして仕事に向かう。学生がぶらついている。身分の高い人が馬車で出かけて行く。伊達男が気取って歩いている。お上りさんがうろうろしている。最新の流行を取り入れたエレガントな装いの女性が目の前を通って行った。いかにも裕福そうで、可愛く、誇らしげであるが、傲慢《ごうまん》さも垣間《かいま》見えて、私の目には養鶏所に闖入《ちんにゅう》してきたクジャクにしか見えなかった。私は融通がきかずあまのじゃくなところもあるが、もともとは物事に対して醒めた態度を取るような男ではない。自分がこういう活気に満ちた都市生活にとことん親しみ、いつかはそこに安住の場を見つけられると信じて疑わなかった。

青春は美しい若者の姿をとって私に近づいて来た。その人は同じくこの街の大学で学び、私の住む家の二階にこぎれいな部屋を二つ借りていた。毎日のように階下からピアノの音が聞こえ、それを聴いて私は初めて音楽の魔力、この上なく女性的で甘い芸術の魔力のようなものを感じた。たまたま家を出て行くところを見かけた愛らしい少年がその人だった。左手に本か楽譜を、右手にはタバコを持っていて、その煙がしなやかできびきびした歩みの後ろで渦を巻いていた。ごく控えめながら、引き寄せられるものを感じた。しかし、私はまだ人とは距離を置いていた。人と付き合うのを恐れていた。裕福で気安く自由奔放な人たちとくらべるとどうしても自分の貧しさ、暮らしの不如意が先に立ち、屈辱を覚えるだけだからだ。すると、その人のほうから私に近づいて来た。ある晩のこと、部屋のドアをノックする者がいる。私はぎくりとした。それまで客を迎えたことなど一度もなかったからだ。美しい学生がなかに入って来た。手を差し出し、名を名乗り、昔からの知り合いに再会したときのように気さくに嬉しそうに話しかけてきた。

「ちょっと僕と一緒に演奏する気はないか訊いてみたいと思ったものでね」と、その人は愛想よく言った。だが、私は生まれてこのかた楽器というものに触れたことがない。私はそのことを言い、ヨーデルぐらいなら歌えますが、それ以外は何の技術も持っていません、でも、あなたのピアノの演奏はよく聴いています、とてもきれいでつい引きこまれてしまいます、と付け加えた。

「これは、とんだ思い違いを！」楽しげな声が大きくなった。「外見から判断して、てっきり音楽家だと思ったものですから。こんなこともあるんですね！　でも、あなた、ヨーデルが歌えるんですか？　では、お願いします、一つやってみてください。ぜひとも聴いてみたい」

私は困惑し、そんな要求をされても、またこんな部屋のなかではとてもヨーデルは歌えないと説明するのがやっとだった。そして、ヨーデルというのは山の上とか、少なくとも戸外で心の底から歌いたくなったときに自然と出てくるものなのです、と言い添えた。

「それでは、山の上でヨーデルを歌ってください。明日にでもいかがです？　ぜひともお願いします。夕方だったら一緒に出かけられるでしょう。一緒にぶらついて、少しおしゃべりして、上まで行ったらあなたがヨーデルを歌う。そして、その後はどこかの村で夕食を食べましょう。時間はありますか？」

ええ、まあ、時間はいくらでも。私はあわてて承諾した。そして、間を置かずに、私に何か弾いてみせてくれませんかと頼みこむと、一緒に下に降り、広々としたきれいな住まいに行った。モダンに額装された絵画が数点とピアノがあり、適度に物が散らかり、上品なタバコのかおりがしゃれた室内に自由で快適なエレガントさと住み心地のいい雰囲気を醸し出している。私にはまったく縁のなかったものだ。リヒャルトがピアノに向かって座り、何小節か弾いた。

「これは知ってますよね？」彼がこちらにうなずきかけた。演奏しながら頭をこちらへひねり、笑みを湛《たた》えて私を見つめるさまは、華麗に見えた。

「いいえ」と私は言った。「何も知らないものですから」

「ワーグナー[14]です」大きめの声で返し、「マイスタージンガー[15]ですよ」と言って、先を続けた。それは軽やかで力強く、せつなくも明るい響きを帯び、生温かい刺激的な湯で私を包みこむように流れていく。私は演奏している人の細い頸筋や背中を、さらにはその白い手を見つめながら、ひそかな喜びを感じていた。そして、あのときと同じ感情に襲われていた。昔、黒髪の生徒を観察したときに覚えた優しさと敬意の入りまじった感情だ。ただ、心のすみで感心しているだけなのは今も変わらない。しかし、うっすらとではあったが、この美しく上品な人とはもしかするとほんとうに友人になれるかもしれない、そういう友情を欲しがっていたころから決して忘れることのなかった私の願望を実現してくれるかもしれない、そんな予感はあった。

　次の日、私は彼を迎えに行った。ゆっくりと、おしゃべりをしながら爪先《つまさき》上がりの坂道を登り、小高い山の頂きに立った。街や湖や庭園を見わたし、日が沈む前の美しさを堪能した。

「じゃ、そろそろ、ヨーデルをやってみてくれませんか?」リヒャルトが呼びかけた。

「気恥ずかしいというのであれば、僕に背中を向けたままでもいいですよ。でも、どうか大きな声でお願いします」

彼は満足してくれた。私はバラ色の夕景に向かい、分散和音を駆使して高音から低音まであらんかぎりの声を発してヨーデルを歌った。ときに激しく、ときに心から楽しんで。私が歌い終えると、リヒャルトが何か言いかけたが、すぐに口をつぐみ、向かいの山を指さしながら聞き耳を立てた。遠くの山から、かすかに答えのようなものが聞こえてきた。長く尾を引き、膨らみを増していく。羊飼いか山歩きをしている人が返してよこしたのかもしれない。嬉しくなり、二人して静かに聞き入った。そうやって並んで立って耳を澄ませているあいだ、私は、初めて友人というもののそばに立ち、バラ色に染まった雲がかかる美しい人生の広がりを二人で眺めているんだとの思いに打たれ、えもいわれぬおののきに身を震わせていた。夕方の湖は少しずつ色を変えていく。そして今にも日が沈もうかというとき、薄くたなびく雲の上に、空に向

14 リヒャルト・ワーグナーはドイツの作曲家（一八一三〜一八八三）。総合芸術としての楽劇を大成。ドイツ・ロマン派の劇的分野における頂点に立つ。

15 「ニュルンベルクのマイスタージンガー」はワーグナー作曲の全三幕の楽劇。一八六八年初演。

かって突き出たアルプスの峨々《がが》たる山々がその威容を見せつけるように姿を現した。

「あそこが私の故郷です」と私は言った。「真ん中の岩山は『赤壁』、右がガイスホルン、左側のさらに遠くにある丸い山がゼンアルプシュトック。私は十歳と三週間のとき初めてあの丸い山頂に立ちました」

私は目を凝《こ》らし、南方にそびえる山々からもう一つ見つけ出そうとした。しばらくして、リヒャルトが何か言った。何と言ったのか、私には聞き取れなかった。

「何て言ったんです？」と私は訊いた。

「あなたの目ざしている芸術がわかった、と言ったんです」

「芸術って、どんな？」

「あなたは詩人です」

それを聞いて私は赤くなり、腹が立った。同時に、彼が言い当てたことにびっくりした。

「まさか」つい声が大きくなった。「詩人だなんて、とんでもない。たしかにギムナジウムにいたときは詩を書いてました。でも、もう昔のことです」

「一度それを見せてもらえませんか？」

「みんな焼いてしまいました。それに、まだ持っていたとしても、とてもあなたに見せられるようなものじゃありません」

「きっととても現代的だったんですね。ニーチェ[16]的なものがたくさん含まれてて」

「どういうことですか？」

「ニーチェのことですか？ 大いなる神ですよ、ご存じじゃないんですか？」

「ええ。知りようがありませんでしたから」

私がニーチェを知らないとわかって、リヒャルトの目つきが変わった。うっとりとした目で見つめてくる。だが、私は癪《しゃく》にさわり、あなたは氷河をどれくらい渡って行ったことがありますかと反問した。彼が、一つも、と答えたので、私はたった今彼がびっくりして見せたのと同じくらい、相手を小ばかにするようにびっくりして見せた。すると、リヒャルトは私の腕に手を置き、まじめな顔で言った。「あなたは感受

16 フリードリヒ・ニーチェはドイツの哲学者（一八四四〜一九〇〇）。ショーペンハウアーの意志哲学を継承し、キルケゴールとともに実存哲学の先駆者とされる。一八六八年、二十四歳のときワーグナーに会ったという。

性が強い。でも、自分が人がうらやむほど堕落していない人間であることを、そしてそういう人間がいかに少ないかを、まったくわかっていません。まあ、一年か二年もすれば、ニーチェどころかもろもろのことはすべてわかるようになります、私なんかよりはるかによくね。何ごとにも徹底しているし、頭もいいですから。でも、私は今のままのあなたが好きです。あなたはニーチェを知らなければ、ワーグナーも知らない、でも、雪山には何度も行ったことがあり、有能な高地の人の顔も持っている。そして、きっと詩人でもあるでしょう。あなたのまなざしと額を見れば、それぐらいはわかります」

彼がそんなふうに臆面《おくめん》もなく私を観察し、思うところを率直にしゃべってくれたことに私はびっくりした。とても普通のこととは思えなかった。

だが、私がもっとびっくりし嬉しく思ったのは、それから一週間後、大勢の客でにぎわうビアガーデンで、リヒャルトが私と兄弟の契りを結んだときだった。みんなの前に躍り出るや、私にキスし、私を抱きしめ、狂ったようにテーブルのあいだをダンスしてまわった。

「みんなどう思ってるかな」私はやめるよう遠まわしに促した。

「そうだな、この二人はきっと何かとんでもなく嬉しいことがあったか、ただもうへべれけに酔ってるだけだと思ってるだろうね。まあ、でも、ほとんどの人は何も考えてやしないさ」

もともとはリヒャルトのほうが私より年上で、頭もよく、いい教育を受け、何でもよく知っているし洗練されているのだが、私とくらべるといまだに純粋な子どもであるように思えることがしょっちゅうあった。通りを歩いていて、まだ少女のような生徒にからかい半分にうやうやしく言い寄ったり、荘重なピアノ曲を弾いているときに思いもよらない子どもじみた冗談を飛ばして中断したりした。一度、二人でひやかしで教会へ行ったときなどは、説教の最中に突然まじめな顔をして、もったいをつけてこう言ったものだ。「ねえ、きみ、あの神父なんだけど、白髪《しらが》ウサギに見えませんか?」その喩《たと》えは当たっていた。しかし私は、それを私に伝えるのは後でもできただろうにと思い、彼にそう言った。

「でもほんとうにそう見えたんだから!」と言って、彼はふくれっつらをした。「後でなんて言ってたら、忘れちゃうよ」

リヒャルトのウィットは必ずしも才気あふれるものではなく、ブッシュ[17]の詩から引いているのが見え見えだったので、何か言われても、そのことで相手が気を悪くするようなことはなかった。それは私にかぎらず、ほかの人もそうだった。私たちが彼をこよなく愛し感心したりするのは、そういうウィットや精神ではなく、持ち前の、子どものようにおのずとほとばしり出る明るさゆえで、それが表に出ると、座の雰囲気がたちまち軽く楽しくなるのだった。それはちょっとした身ぶりにも現れたし、くすっと笑ったときや、いたずらっぽいまなざしにも見て取れた。とはいえ、もともとが長く仕舞っておけるような性分ではない。リヒャルトのことだから、眠っているときでもたまに大声で笑ったりはしゃいで見せたりしているにちがいないと私はにらんでいた。

リヒャルトは学生をはじめ、若手の演奏家や画家や文筆家、それにいろんな国の人たちにも私を引き合わせてくれた。というのも、彼の交際範囲には、この街に住む、芸術好きで一癖も二癖もあるようなおもしろい連中との付き合いも入っていたからだ。なかには哲学者や美学者、社会主義者として奮闘している人たちもいて、そういう人たちからはけっこう学ぶことが多かった。さまざまな分野の知識が断片的に飛んでくるので、私は本をたくさん読むことでその不足分を補った。おかげで、この時代に活躍している頭脳の問題意識がどこにあるのか、ある程度イメージできるようになったし、精神的な国際社会に激励のまなざしを向けることもできるようになった。彼らの願望、予感、仕事、理想は私を引きつけるものがあり、納得もできた。ただ、みずから賛成か反対かの立場に立ってともに闘いたいという衝動を覚えるようなことはなかった。私の見たところ、思考や情熱のエネルギーはことごとく社会や国家、科学、芸術、教育法などのあり方や施設に向けられていた。しかし、私にはどれも、外見的な目的そのものは造っても、有限の時と永遠との個人的な関係を明らかにしないまま、ただ何が必要かを知ろうとしているだけのように見えた。もっとも、私自身においてもそういう欲求はまだほとんどまどろみのなかにあった。

私はリヒャルトだけを、それも嫉妬心をもって愛していたので、ほかの人とはいっさい友人関係を結ばなかった。彼が親しくしていた女性たちからも彼を奪おうとした。

17 ヴィルヘルム・ブッシュはドイツの詩人・風刺画家（一八三二〜一九〇八）。ドイツでは数少ないエピグラムの作者として知られる。八三ページの末尾二行がブッシュの詩「信心深いヘレーネ」（一二四ページの註参照）からの引用。

ちょっとした約束ごとでもきちんと守り、彼に待たされるようなことがあると敏感に反応した。一度、リヒャルトが一緒にボートに乗ろうと言って時間を指定し、迎えに来てくれるよう頼んだことがあった。私は時間どおりに出かけて行ったが、彼は家にいなく、三時間待ちぼうけを食わされてしまった。翌日、私はいくらなんでもルーズすぎると難詰した。

「だったら、一人でボートに乗りに行けばよかったのに」彼は不思議がって笑った。

「忘れてただけなんだから、そんなに向きになることじゃないだろう」

「僕は約束はきちんと守るよう、ふだんから心がけているんだ」私は激しい口調で答えた。「もっとも、僕がどこできみを待っていようと、きみがあまり気に留めてないってこともわかってはいるけどね。きみみたいに友だちがたくさんいればね！」

彼は目を丸くして私を見つめた。

「ふうん、どんな些細なことでも、きみはそんなふうにまじめに取るの？」

「友情は僕にとっては些細なことじゃない」

「本性に迫るその言葉に、

即座に改心を誓う彼ではあった」……

リヒャルトはおごそかに詩句を引用してから、私の頭に手をまわし、東洋の風習にならって鼻先を私の鼻にそっとこすり合わせた。私はたまらず苦笑いし、彼から身を離した。友情がもとに戻った。

私の屋根裏部屋には高価なものも含め、借りてきた本が山積みになっていた。現代の哲学者や詩人や批評家の手になるものから、ドイツやフランスの文学レビュー、新しい戯曲、パリの文芸欄の記事、ウィーンのファッションの流行を伝えるものまである。こうしたものにあわただしく目を通すことよりも私が心血を注いで取り組んだのは、昔のイタリアの作家や歴史研究だった。私としてはできるだけ早く文献学から離れ、歴史だけを研究したかったのだ。通史や歴史学に関する著作のほかに、イタリアとフランスの中世後期を論じた文献や専門書も読んだ。そうやって接した多くの人のなかで初めて私のいちばんのお気に入りとなったのはアッシジのフランチェスコ[18]だった。聖人のなかでも最も天福にあずかった神のような人だ。実生活だけでなく精神面での充実も見えてきたことで、私の夢は日ごとに現実のものとなり、私の心は功名心

18　フランチェスコ会の創立者。聖人（一一八一〈八二〉～一二二六）。

と喜びと若者特有の虚栄心とでどんどん熱を帯びていった。教室ではまじめすぎて少々つらく、ときには退屈でもある講義に集中することを求められたが、家に帰って来れば、中世に足を踏み入れ、信心深い物語やぞっとするような話に故郷を偲《しの》んでみたり、昔の作家の小説をひもといてくつろいだ気分に浸ったりした。そこに描かれた世界は美しく、薄暗い隅っこで語られるおとぎ話のように心地よく私を包みこんでくれたが、その一方で現代の理想や情熱の荒々しい大波に襲われ攫《さら》われていくような気分を味わったりもした。そんなことの合間にも、私は音楽を聴き、リヒャルトとともに笑い、彼の友人の集まりに参加し、フランス人やドイツ人やロシア人と付き合った。きわめて現代的な本の朗読会に出かけ、あちこちの画家のアトリエに足を運び、夜会にも出席した。そこにはまだ海のものとも山のものとも知れない才気煥発な若者が大勢来ていて、さながら幻想的なカーニバルのように思えたものだった。

ある日曜日のこと、リヒャルトに誘われて新作絵画の小展覧会に行った。彼が数頭の山羊がいる高原牧場を描いた絵の前で立ち止まった。それは実にていねいに描かれ、見た目の印象も悪くなかったが、作風が少し古めかしく、そもそも芸術的な本質に欠けるような気がした。この手の小ぎれいな、さして名作とも言えない絵は、よく出入りしているサロンに行けばいつでも見ることができる。それでも、故郷の山間の放牧地を忠実に再現しているようにも思えてきて、楽しい気分にはなった。この絵のどこに引きつけられたんだ、と私はリヒャルトに訊いた。

「これさ」と言って、彼は隅にある画家の名前を指さした。その赤茶色の文字は私には判読できなかった。「この絵は決して傑作なんかじゃない」とリヒャルトが言う。「もっと素晴らしいのはいくらでもある。でも、これを描いた人よりも美しい女性画家はいないんだ。名前はエルミーニア・アグリエッティ。よかったら、明日この人のところへ一緒に行って、あなたは素晴らしい画家ですねと言ってあげようじゃないか」

「この人のことを知ってるの？」

「もちろん。彼女の絵が本人なみに美しいものだったら、とっくに金持ちになって、もう絵なんか描いてないだろうな。ところが彼女にはそんな意欲はさらさらなく、しょうがなく描いているようなところがある。まあ、生きていくためにこれ以外のことは何も学ばなかったからってこともあるんだけどね」

リヒャルトはまたしても失念し、何週間かしてからやっとその件を思い出した。

「昨日アグリエッティに逢った。そう言えば、この前二人で彼女のところへ行こうって言ってたんだっけね。よし、今から行こう。きみ、付け襟《カラー》はきれいだね？　彼女、そういうところを見るんだ」

カラーはきれいだった。さっそく二人でアグリエッティのところへ出かけて行った。ただ私自身は内心あまり気が進まなかった。女性画家や女子学生に対するリヒャルトの仲間の付き合い方が奔放すぎて、私にはなじめないところがあるからだ。男たちは思いやりのかけらもなく、がさつで、皮肉な口をきく。一方、女の子たちはと言えば、利にさとく、賢く、抜け目がなかったが、独特の雰囲気を感じさせるようなものはどこにもなかった。そういう雰囲気を持った女性なら会ってもみたいし、尊敬の念も持っていたのだが。

もやもやした気分をかかえたまま、私はアトリエに足を踏み入れた。画家の工房にはもう何度も出入りし、その空気には慣れているつもりだが、女性のアトリエに入るのはこれが初めてだ。室内は素っ気ないほどに整然としている。仕上がった絵が三、四点、額に納まってかかり、まだ下塗りの終わっていない絵がイーゼルに載っている。ほかの壁は入念に描かれた、いかにも食欲をそそりそうな鉛筆画のスケッチと半分も埋まっていない本棚におおわれている。私たちが挨拶の言葉をかけても、画家の反応は冷ややかだった。画筆を置き、画工用のエプロンをつけたまま戸棚に身をもたせた。貴重な時間をあなたたちのせいで失いたくないんだけど、と言っているように見えた。リヒャルトが展覧会に出された絵についてありったけのお世辞を並べはじめた。画家が笑いだし、そんな見えすいたことはやめるよう言った。

「でも、僕はその絵を買おうとまでも思ったんだよ！　ちなみに、あそこに描かれていた牛はほんとうに――」

「あれは山羊ですよ」彼女はおだやかに言った。

「山羊？　あ、そうそう、山羊だった！　いや、僕が言いたかったのはね、よくあそこまで研究したなってことなんだ。あれを見るなり唖然としちゃったもの。あんなに山羊らしい山羊はそうそうないね、どれも生き生きしてた。ここにいるカーメンツィント君に訊いてみればいい。こいつは山の生まれなんだ。僕の言うとおりだってことがわかるから」

このとき私は当惑しつつもおもしろがって二人の会話を聞いていたのだが、その間ずっと女性画家の視線が私に向けられ、じっと見つめられているような気がしていた。

邪気のない素直なまなざしだった。

「あなたは高地の方?」

「ええ、そうです」

「そう見えるわね。それじゃ、あの山羊をどう思われます?」

「それはもう、とてもいいですよ。少なくとも私はリヒャルトのように牛だとは見ませんでしたし」

「優しいんですね。あなた、音楽家?」

「いいえ、学生です」

私が画家と言葉を交わすのはそれきりになったので、そのぶん私には彼女をゆっくりと観察できる時間が持てた。体型は長いエプロンにおおわれているため見た目ではわからない。顔は私には美しいようには見えなかった。彫りが深くきりっとしているが、目が少しきつすぎる。髪は黒く、豊かで柔らかい。どうにも不快で、反感すら覚えたのは顔の色だった。ゴルゴンツォーラチーズを想わせる色で、その顔に緑色の筋が浮いていたとしても私は驚きはしなかったろう。南方のこんな青白さを見たのは初めてだ。そして今、アトリエ内の朝の光のぐあいも手伝ってか、こちらがぎくりとするほど石のような——大理石ではなく、風化してすっかり色あせた石のような——顔色になっている。私はまだ女性の顔をその形から見きわめることには慣れてなく、この期に及んでもあいかわらず少年のようなやり方で、肌のつやとか色とか、何かしら魅力的なところはないかとか、そういうものばかり探していた。

リヒャルトもこの日の訪問には調子を狂わされた。それだけに、しばらくたって、アグリエッティが私のことを描かせてもらえないかと言ってきたと彼から聞かされたときには、私はびっくり仰天《ぎょうてん》してしまった。数枚のスケッチでいいという。顔は必要ない。私のような横幅の広い体型は類型的なものなのだそうだ。

その話を先へ進める前に、ささやかな別の出来事が起きた。私の全人生を変え、何年にもわたって私の未来を決めることになった出来事だ。ある朝目覚めると、私は作家になっていたのだ。

リヒャルトの強い勧めもあって、私は純粋に文章の訓練として、グループの人間のことや、ちょっとした体験、会話などをそのつどスケッチ風にできるだけ忠実に書き記していた。文学や歴史に関することについてのエッセイもいくつか書いていた。そんななか、ある日の朝、私がまだベッドに寝ていると、リヒャルトが入って来て、三十五スイスフランをベッドの上掛けに置いたのである。「これはきみのものだ」と彼は事務的な口調で言った。私が思いつくかぎりの理由を疑問のかたちで並べ終えたところで、ようやく彼はポケットから新聞を取り出し、私に見せた。見ると、そこには私が書いた掌篇の一つが印刷されている。リヒャルトは私の原稿を何点か書き写し、親しい編集者のところへ持って行って、こっそり売っていたのだ。初めて印刷されたものが今、それに対する謝礼とともに私の手のなかにあった。

さほど妙な気分はしなかった。もともと私はリヒャルトのこういうお節介には腹立たしさを覚えていた。しかし、初めて味わった物書きとしての誇りの甘美さと、そこそこの金額の報酬と、もしかするとささやかながらも作家としての名声を手に入れられるかもしれないという思いのほうがやはり強くなっていき、最後はそれに打ち負かされた。

友人の計らいでカフェで編集者と会うことになった。編集者は、リヒャルトから見せてもらったほかの作品もこのまま預かっていていいか許可を求めてから、これからも新作が出来たらそのつど送ってほしいと言った。歴史を扱った作品に顕著なのだが、私のものには独特のトーンがあり、自分はそこが大いに気に入っている、応分の謝礼も約束しますと言う。その言葉に私は初めて事の重大さを見た思いがしていた。つまり、それが現実のものとなれば、私は毎日まともな食事をし、少しばかり残っている借金も返済できるだけでなく、強制された研究を投げ出し、そう遠くない将来には自分の好きな分野で仕事をしながら、完全に自活することだってできるのだ。とりあえずは書評の仕事をということで新刊本を家に送ってもらうことになった。編集者から大量に送られてきた本を、私は何週間にもわたってむさぼるように読んだ。ところが、謝礼が支払われるのが四半期ごとだと後になってわかり、それをあてこんでふだんよりいい生活をしていたおかげで、ある日とうとう最後のラッペンも私から離れていってしまった。こうなると、断食療法に逆戻りである。数日間は自分の部屋でパンとコーヒーでしのいでいたが、やがて空腹に耐えかねて食堂へと出かけて行った。書評用の本を三冊持参し、それを飲食代のかたにしようと思ったのである。その前に古書店に持ちこんで売りつけてみたのだが、それは無駄骨に終わっていた。食事は素晴らしかった。しかし、ブラックのコーヒーを飲むときになって少し不安になった。内心びくびくしながらウェイトレスに、実はお金を持ってない、そこでこの本を担保に置いていきたいんだが、と打ち明けた。ウェイトレスはそのうちの一冊の詩集を手に取り、興味深げにあちこちめくってから、これ、私が読んでもいいんですかと訊いた。彼女は本を読むのは好きだが、なかなか手が出せないという。私は救われたような気がし、この三冊を食事代として受け取ってもらうというのはどうだろうと改めて提案した。ウェイトレスはそれに同意し、その後もこのやり方で私から本を買い取ってくれ、その額は締めて十七スイスフランにもなった。小さめの詩集ならチーズとパン、長篇小説ならそこにワインが付き、短篇小説であれば一冊につきパンとコーヒーだけといったぐあいだった。私が覚えているかぎりでは、どれも流行を意識して奇をてらった文体の作品で、ほとんど価値の低いものばかりだった。あのお人好しのウェイトレスは現代ドイツ語文学に変わった印象を持ったことだろう。一度こんなこともあった。昼食を確保しようと、午前中に額に汗をにじませながら大急ぎで一冊読みとおし、それについて何行か書いてから、その本を持って食堂に駆けこんだのだ。そのときのことは、今も思い出すたびににやりとしてしまう。私が金に困っていることはリヒャルトにはなるべく知られないよう気をつけた。そのことでは不必要に恥ずかしい思いをしていたので、彼に援助してもらうのは気が進まなかったし、できれば最小限に抑えておきたかったからだ。

私は自分を詩人だとは思っていなかった。折にふれて書いていたものは文芸欄向けの読みものであって、創作ではない。だが、いつかは文学作品を、あこがれや人生を歌った一大抒情詩を創れる日が自分にも来るかもしれないというひそかな希望は持ちつづけていた。

私の魂を映す鏡はふだんは文句なくきれいに澄んでいたが、時おり憂鬱の影で曇ることがあった。ただ、さしあたりはそれほど深刻なものではなかった。それは孤独感のような漠然とした悲しみとなってやって来て、一日じゅうとか一晩じゅう居すわった後、跡形もなく消えていった。が、何週間か何カ月もするとまた戻って来た。そのうちに、女友だちと親しくなるみたいにそれに慣れ、苦痛に感じるというよりは、不穏ではあるがどこか心地よい甘さに包まれた疲れでしかないと思うようになった。夜それに襲われると、私はむりに眠ろうとせず、窓から身を乗り出し、黒々とした湖や、青みを帯びた空に浮かぶ山々のシルエットや、その上にまたたく美しい星を何時間も見つめていた。すると、かすかに甘い強い感情がたびたび私に襲いかかってきた。まるで、この夜の美しさが総がかりで私に非難のまなざしを向けるのは当然だとでも言うように。まるで、星も山も湖も、それぞれが己の美しさと、物言えぬものとして存在することの苦しみを理解し、それを代弁してくれる者が欲しくてたまらないかのように。そして、ほかでもない私がその役目を引き受ける者であるかのように。つまりは、声なき自然に文学作品というかたちで表現を与えること、それが私の真の職業であるかのように——。だが、どうすればそれが可能になるのかについてはまったく考えたことがなく、私が感じ取っていたのは、単にこの美しい夜が無言のまま、もどかしげに私を待っているということだけだった。それに、これまでそういう気分で何か書いたことは一度もなかった。とはいえ、この暗がりからの声に対し責任めいた感情をいだいていたのは確かで、そういう夜を明かした後には何日間も一人で放浪したものだ。そうすることで、無言の願いごとをしてきた大地にわずかながらも愛情を示すことができたように思えたのだ。もっとも、そういうイメージを持つたびに、後で自分でも笑っていたのだが。この放浪はやがて私の人生の礎《いしずえ》となった。これまでの歳月の大部分を私は放浪者として過ごしてきた。何週間、何カ月間もかけて国から国へと渡る旅をするのだ。わずかのお金とパンをバッグに詰め、どこまででも歩いて行った。独りで何日間も歩いても、しょっちゅう戸外で夜を明かすことになっても苦にならなかった。

女性画家のことは執筆にかまけてすっかり忘れていた。すると、彼女から書きつけが届いた。「今度の木曜日に私のところで男女の友人を招いて茶会を開きます。あなたもいらしてください。あなたの友人も連れて来てください」

二人で出かけて行くと、そこには小さな芸術家コロニーが出来ていた。ほとんどがまだ無名の者や忘れ去られた者、成功しなかった者ばかりで、私としてはいくぶん心に感じるところがなかったわけではないが、それでも、みんな大いに満足し楽しそうにしている。お茶とバターパン、ハム、サラダが用意されていた。そこには知り合いもおらず、どのみち話し好きでもなかったので、私は空腹にかこつけて約三十分間おとなしくずっと食べつづけた。おかげで、まずはお茶に口をつけて、おしゃべりに興じていた人たちがようやく何かちょっとつまもうとやって来たときには、皿のなかのハムはおおかたなくなっていた。私が一人で平らげてしまったわけだが、少なくとももう一皿ぐらいは予備があると私は思っていたのだ。あちこちから失笑が洩れ聞こえてきた。皮肉っぽい視線を向けてきた者もいる。私は腹立たしくなり、ハムともどもイタリア人画家を呪わしく思った。さっと立ち上がると、彼女に短く詫びの言葉を言い、今度来るときには自分で食べる分は自分で持って来るようにすると告げてから、帽子に手を伸ばした。

するとアグリエッティは私の手から帽子を取りあげ、驚きとおだやかさの入りまじった目で私を見つめながら、帰らないでくださいと懇願するように言った。その顔に紗《しゃ》のシェードでやわらげられたフロアランプの光が落ちた。怒りで頭に血が上っていた私の目に、いきなり素晴らしく成熟した女性の美しさが飛びこんできたのは、そのときだった。その美しさを私は瞬時に了解した。同時に、自分がいかに不作法で愚かであるかを悟り、罰を受けた生徒のように隅っこの席に腰をおろした。そして、そこに座ったまま、所在なくコモ湖のアルバムをめくった。ほかの人たちはお茶を飲み、室内を行き来し、笑い、語り合っている。やがて、どこからともなくバイオリンとチェロの音が聞こえてきた。幕が引かれると、そこに四人の若者が即席の譜面台を前にして座っているのが見えた。弦楽四重奏曲を演奏しようというのだ。と、そのとき、女性画家がこちらに近づいて来て、私の前の小テーブルにお茶の入ったカップを置き、軽くうなずいてから隣に腰をおろした。四重奏曲が始まった。長い曲だ。だが、私の耳には何も聞こえていなかった。すらりとして優雅に美しく着こなした淑女をただただ目を丸くして見つめていた。以前はその美しさを疑い、今は用意された料理を平らげたばかりだというのに。そういえばこのひとは俺を描きたがっていたんだと思い出したときには、嬉しさと同時に不安も湧いてきた。それから、レージ・ギルタナーのことが頭に浮かんだ。アルプスシャクナゲが咲く岩壁に登ったことも。また雪の王女の物語のことも。そして、そのすべては今日のこの瞬間に至るための準備でしかなかったんだと思えてならなかった。

演奏が終わったら行ってしまうのではないかと思っていたが、画家はその場に座ったまま静かに私とおしゃべりを始めた。あなたの小説、新聞で拝見しましたと言って、お祝いの言葉を口にした。そのとき女の子に囲まれあたりはばからずに馬鹿笑いしているリヒャルトの声が聞こえてきたので、彼女は冗談めかしてリヒャルトを小ばかにするようなことを言った。それから改めて、あなたのこと、描かせてもらえませんかと訊いてきた。私はそれに対してすぐには答えず、代わりにふと思いついたことを実行に移すことにした。会話をいきなりイタリア語に切り替えたのだ。彼女の南国らしい生き生きとした目に喜びの色が加わった。それを見て無性に嬉しくなったが、私が得たのはそれだけではない。彼女が母語で話すのを聞くという美味も味わえたのだ。彼女の口、彼女の目、彼女の姿にぴったりの言語、心地よい響きの優雅に滔々と流れ出るトスカーナの言葉、そこには魅力的なティチーノ地方を思わせるものがある。むろん私自身はよどみなくきれいに話せるわけではない。しかし、そんなことはまったく気にならなかった。こうして私は翌日、彼女に描いてもらうために来ることになった。

「またお会いしましょう」別れぎわに、私はなおもイタリア語で言って、深々とお辞儀した。

「また、明日、お会いしましょう」彼女は笑みを浮かべ、うなずいた。

家を出ると、私はずんずんと歩いて行った。道が小高い丘の頂きに達したところで、目の前に突如黒々とした土地が開けた。美しく雄大な眺めだった。小舟が一艘、赤いランタンを灯して湖を滑るように進んで行き、黒い水面にちらちら光る深紅の帯を落とした。ふだんは銀色に縁取られたさざ波がまばらに立つだけの湖面だ。近くの庭からマンドリンの演奏と笑い声が聞こえてくる。空には半分ほど雲がかかり、一陣の生暖かい風が丘を吹き抜けていった。

果樹の枝やカスターニエン[19]の黒い樹冠がそんな風に撫でられたり、あおられたり、たわめられたりするたびに、うめき、笑い、震えるように、私も激情にもてあそばれた。丘の上でひざまずき、大地に身を投げたかと思うと、やにわに飛び上がり、うめき声を発しては地団駄踏《じだんだ》んだ。帽子を脱いで放り投げ、草むらに顔をうずめ、木の幹を揺すり、泣き、笑い、しゃくりあげ、荒れ狂った。わが身を恥じ、幸福に酔い、死ぬほどふさぎこんだ。一時間後、私はすべての緊張が解けてぐったりとなり、重苦しい気分に息がつまった。何も考えず、何も決めず、何も感じなかった。夢のなかをさまようように丘を下り、街に入って半分も行かないうちに、うらぶれた通りで遅くまでやっている小さな飲み屋を見つけると、誘われるようになかに足を踏み入れ、ヴォー州ワインを二リットル飲み、朝方、ぐでんぐでんに酔った状態で家に帰った。

その日の午後、アグリエッティのところへ行くと、私のことを見るなり彼女はぎょっとした顔になった。

「どうしたんですか？　ご病気？　ずいぶんお疲れのように見えますけど」

「たいしたことじゃありません」と私は言った。「どうも昨夜は飲みすぎたようです。それだけのことです。どうぞ、始めてください」

私は椅子に座らされ、じっとしているようにと言われた。私はすぐにとろとろして

19　日本の栗、栃《とち》、フランスのマロニエに当たる。街路樹としてよく利用される。

しまったので念を押されるまでもなかったのだが、結局その日の午後はずっとアトリエで寝ていた。夢を見ていた。実家の小舟が塗りなおされる夢だ。そんな夢を見たのはたぶん画家の仕事場のテレビン油[20]のにおいのせいだ。私はそばの砂利敷きの空き地に寝そべって、父が刷毛と容器を手に仕事をしているのを見ていた。母もそこにいた。私が、死んだんじゃなかったっけと尋ねると、母は声を低くして答えた。「死ぬもんですか。私がいなかったら、あんたもしまいにはパパと同じろくでなしになってしまうでしょう」

椅子から転げ落ちて、やっと目を覚ました。自分がエルミーニア・アグリエッティのアトリエに来ていることを思い出し、はっとした。あたりを見まわしても、彼女の姿はない。隣の部屋から食器類の触れ合う音が聞こえてきた。夕食の支度をしているのだろうか。

「目が覚めました？」彼女が声をかけてきた。

「ああ、はい。私、どのくらい寝てました？」

「四時間よ。恥ずかしいと思いませんか？」

「いや、そりゃ、もう。でも、おかげでとてもいい夢が見られました」

「どんな夢か、話してくださいます？」

「いいですよ、こちらへ来て、私のことを赦《ゆる》してくださるなら」

アグリエッティが隣の部屋から出て、こちらへやって来た。だが、私を赦すかどうかは、夢を聞き終えてから決めると言う。そこで、私は話しだした。夢の話をしながら、忘れていた幼年時代に深々と入りこんでいた。話を終えたころには、あたりはすっかり暗くなっていた。私が幼年時代の物語を語っていた相手は彼女だけでなく自分自身でもあった。アグリエッティが手を伸ばしてきて、私の上着のしわを直してから、明日またいらしてくださいと言った。それを聞いて私は、彼女が今日の私の振舞いも理解し、赦してくれたものと受け止めた。

それからは指定の時刻に訪れては椅子に座る日々が続いた。座っているあいだはほとんど何も話さなかった。私は静かに魔法にかけられたようにそこに座ったり立ったりし、デッサン用の木炭が紙の上を滑る音を聞き、ほのかな油彩のにおいを嗅《か》ぎ、自

20　テレビン油は、松脂から作られる揮発性の精油で、無色かつ粘性の強い液体。特異臭がある。油絵の具を溶くのに使われたりする。

分が愛する女性の近くにいるということと、その女性のまなざしが絶えず自分に向けられているとわかっているということ以外は、何の感覚も持たなかった。アトリエの白い光が壁に反射し、寝ぼけたハエがブンブンいいながら窓ガラスにぶつかり、隣の部屋からはアルコールの炎で沸き立つお湯の音が聞こえてくる。お勤めの後のコーヒー用だ。

自分の部屋にいてもエルミーニアのことばかり考えるようになった。彼女の芸術に敬意を持てないことに変わりはなかったが、しかし、そんなことは私のたぎるような思いには何の関わりもなかったし、それを減じることもなかった。彼女自身は美しく優しく頭脳明晰で信頼できる人だ。彼女の描く絵が私に何の関係があろう？　その熱心な仕事ぶりに私が見ていたものはむしろヒロイックなところだ。生きるために闘う女性、物静かで我慢強い勇敢なヒロイン。ちなみに、愛しいひとのことについて考えることほど甲斐《かい》のないものはない。こんなふうにあれこれ思考の歩みを進めても、それはいわば民衆の歌や兵士の歌のようなもので、そのなかではさまざまなことが起こり、リフレインが執拗に繰り返される。それがふさわしいかどうかにはまったく関係なく。

だから、私が記憶のなかに持ちつづけているこの美しいイタリア人女性のイメージも、決して不鮮明ではないのだが、それでも、やはり、顔の表情や細かいところの輪郭となると欠けてしまっている。そういうのを目に留めて覚えているのは親密な人よりも赤の他人の場合のほうが多いようだ。私はもう彼女の髪型がどんなだったか、服装がどんなだったか、そういったことは何も覚えていない。そもそも体つきが大柄だったのか小柄だったのかさえも。彼女のことを思ったとき私の目に見えてくるのは、気品にあふれた黒髪の頭、さほど大きくはない目の鋭いまなざし、青白くはあるが生き生きとした顔、そして、美しさのきわみとも言えるような丸みを帯びながら内なるきつさも感じさせる薄い唇だ。私が彼女のことを、彼女に夢中になっていた時期のことを考えるとき、きまって思い出すのは、あの丘の上での夜のことだけだ。生暖かい風が湖上を渡り、私が泣き、歓呼し、猛り狂った夜のことだ。だが、もう一つ別の夜がある。それについて今から語ろうと思う。

何とかして画家に思いのたけを打ち明け、求愛しなくてはならない、それだけははっきりした。彼女が遠く離れたところにいるのであれば、私はその後も彼女を陰ながら尊敬し、彼女のことを思って独り苦痛に耐えることでよしとしていただろう。だが、毎日のように彼女に会い、彼女と話をし、彼女に手を差し出し、彼女の家に足を踏み入れているのだ。そのたびに胸を貫く痛みに、私は長くは耐えられなかった。

芸術家とその友人によるささやかなサマーパーティが催された。夏の盛り、湖のほとりの小ぎれいな庭園は、日が落ちてもまだ生ぬるい大気に包まれていた。木々に渡した花づなに赤いぼんぼりが吊され、それを眺めながら、みんなワインや氷水を飲み、音楽に耳を傾けた。おしゃべりに花が咲き、からかいの言葉に笑い声があがる。歌声も聞こえてきた。風采のあがらない青年画家がロマンチストを気取って角帽をかぶり、手すりに仰向《あおむ》けに寄りかかってギターをかき鳴らした。多少名の知られた芸術家は欠席を決めこんだのもいれば、出席しても目立たないよう年長者のグループに混じって隅のほうに座っていた。女性陣のなかには明るい色のサマードレスを着た若い子がちらほら見えるものの、ほとんどはふだんのラフな服装で歩きまわっている。一人、年かさの女子学生が私の目を引いた。ショートヘアに男ものの麦わら帽子をかぶって、葉巻をふかし、ワインをあおるように飲んでは大きな声でしゃべりまくっている。見苦しいことこの上ない。リヒャルトは例によって女の子たちに囲まれている。私は興奮が頂点に達していたにもかかわらず、冷静を装い、酒も控えめにして、アグリエッティを待っていた。この日に合わせて一緒にボートに乗ることにしていたのだ。彼女がやって来た。私に小さな花束を差し出してから、一緒に小舟に乗りこんだ。湖は油のようになめらかで、夕闇に色をなくしている。その静かな湖面の広がりのなかへ私は素早く軽やかに小舟を出し、向かいに座る細身の女性を見つづけた。操舵席に背をもたせてくつろいでいるアグリエッティは満足げだ。空はまだ青みが残っているが、徐々に一つまた一つと星が現れ、鈍い光を放ちはじめた。湖畔のそこかしこからガーデンパーティの音楽が流れて来る。オールが水をつかんでも、水はかすかな音を立てて緩慢に反応するだけで、かろうじて見えるほかのボートもひっそりと湖面を漂っている。だが、もとよりほかの舟など私の眼中にはない。視線はひたすら操舵席に座る女性に向けられ、この日のために準備してきた愛の告白が重い鉄の輪のように不安な心にのしかかっていた。夕景のなか、暖かく静かな湖上で小舟に座り、空には星がまたたいている――そうした美しく詩的なもののすべてが私を不安にさせていた。この、またとない美しい舞台装置の真ん中で私はセンチメンタルなシーンを演じなくてはならないのだから。込みあげてくる恐怖にも似た不安、互いに話の糸口をつかめないままに生じてしまった深い沈黙、そこから逃れようと私は力にまかせ、やみくもに漕ぎだした。

「たくましいですね」画家がおもむろに口を開いた。

「太ってるってことですか？」と私は訊いた。

「いいえ、私が言っているのは筋肉のことです」彼女が笑った。

「そうですね、それならたくましいなんてもんじゃないですよ」

どうにもこの場にふさわしくない始まり方だ。情けなくなってきた。腹立ちまぎれになおも漕ぎつづける。

しばらくして私は彼女に、これまでの人生について何か話してくれるよう頼んだ。

「どんなことを聞きたいんですか？」

「何でもいいんですが、できれば、恋の物語なんかをお願いします。そうしたら私もその後で私のことを、私の唯一の物語を話してあげます。とても短いものですが、その美しさは楽しんでいただけると思います」

「よく言うわね！　それじゃ、ぜひ、あなたから先に話してください」

「だめです、あなたが先です！　あなたは私についてもうたくさん知っています。私があなたについて知っていることよりもはるかに多く。私は、あなたが本気で人を愛したことがあるのか、それともそんなこととは無縁なほどに聡明で高慢な人なのか知りたいのです。そうあってほしくはありませんが」

エルミーニアはしばらく考えていた。

「暗くなってからこんな湖の上で女性に物語をさせようと考えるなんて、やっぱりあなたってロマンチストですね。でも、残念ながらそれは私にはできません。あなたたち詩人はちょっとしたことでもすぐに言葉で表現できますから、感じたことをろくに話さない人はそういう心をまったく持たないと思ってしまうんですよね。あなたは私を見損なっています。私は、自分ほど激しく強く人を愛することができる人間はいないと思っています。私はあるひとを愛しています。ほかの女性と結ばれたひとです。でも、だからと言って私への愛が少ないということはありません。正直、私たちが一緒になれるかどうかはわかりません。手紙は交わしています。時おり会ってもいます……」

「訊いてもいいでしょうか。その愛で幸せになれますか、それともみじめになるだけですか、あるいはその両方ですか？」

「まあ、何てことを。愛というのは私たちを幸福にするためにあるのではありません。

それは私たちがどれだけ強く耐え忍べるかを示すためにあるのだと、私は思っています」

私はそれを理解し、答えの代わりにかすかなうめきのようなものが口から洩れるのを抑えることができなかった。

それは彼女にも聞こえていた。

「あら、あなたもそれはもうわかってるんですか？ まだこんなに若いのに！ それじゃ、ぜひ聞かせていただこうかしら。ただし、あなたがほんとうにそうしたいのであれば、ですけど——」

「アグリエッティさん、またの機会にしましょう。今日は何だか気が抜けてしまいました。それに、あなたの気分も沈ませてしまったみたいで申しわけなく思っています。戻りませんか？」

「どうぞ、お好きなように。それはそうと、私たち、どこまで来ちゃってるのかしら」

私はもう答えも返さず、オールで水をとらえると、すかさず向きを変え、北東の風が迫っているかのように速度を上げた。ボートはものすごい速さで湖面を滑るように進んで行く。私は、自分のなかで煮えたっている恥とみじめさの渦に巻かれながら、大粒の汗が顔を伝い落ちるのを感じ、同時に寒けを覚えていた。ましてや、ひざまずいて希《こいねが》いながら母親のようなやさしい態度ではねつけられる求愛者をもう少しで演じることになりそうだったことを考えると、なおのこと怖気《おぞけ》が背筋を貫いた。少なくともそれは免れた。だが、肝心なのは後に残ったみじめさとどう折り合いをつけるかだ。今はとにかく帰ろう。私は憑《つ》かれたように漕いだ。

岸に降り立って短く別れの言葉を告げると、美しいお嬢さんはけげんそうな顔をした。私はそれにはかまわず、彼女を一人残し、その場から去った。あいかわらず湖はなめらかなままで、音楽は楽しそうで、ぼんぼりの赤はパーティの雰囲気を盛り上げている。だが、今の私にはそのすべてが愚かしく滑稽に見えた。なかでも、あの音楽だ。自慢げにギターを絹のストラップで肩から吊り下げているビロード上着のやつを私は無性に打ちのめしてやりたくなった。花火もうすぐ始まるようだ。何とも子どもじみたことを！

私はリヒャルトからいくらか借り、帽子をあみだにかぶると、ずんずんと歩きだした。街を過ぎ、一時間また一時間と、眠けが差すまで歩きつづけた。草むらに寝ころんだものの、一時間後には露に濡れ、体をこわばらせ、寒さに震えながら目を覚ました。隣の村へと向かう。あたりが明るくなりはじめた。クローバー刈りに行く人が埃っぽい小路を抜けて行く。家畜小屋の扉を開けた下男が寝ぼけまなこをこちらに向けてきた。農民の夏仕事があちこちで始まっている。農民のままでいればよかったものを、と言う内なる声がした。恥ずかしさに身の縮こまる思いで村を抜け、くたくたになりながら先へ進んだ。陽射しが暖かさを増すのを待って休むことにした。ブナの若木が立ち並ぶ畦道《あぜみち》に頃合いの場所を見つけると、そこに身を投げ、陽射しを浴びながら午後遅くまで泥のように眠った。目を覚ますと、頭に草のにおいがこびりついている。手足は重かったが、聖なる大地に長いこと横になった後にしかありえないような心地よさだった。昨夜のパーティやボートに乗ったことなどは、何カ月も前に読んだ長篇小説のように、すべてが遠く、悲しく、音までもかき消えたように思えた。

私はそのまま三日間出歩き、存分に陽を浴びた。そして、いっそのこと故郷まで歩いて行って、父の干し草の二番刈りを手伝ったほうがいいのではないかとも考えた。

しかし、そんなふうにして出歩いても苦痛が取り除かれたのは一時的でしかなかった。街へ戻ってしばらくは女性画家に出くわさないよう極力避けていたのだが、そんなことはそうそう長つづきはしない。彼女が私を見つけて話しかけてくるたびに、みじめさが喉もとまで上ってきた。

4

父の手ほどきではうまくいかなかったが、この失恋の痛手のせいですんなりと成就したことがある。大酒飲みになったことだ。

私が今こうして生きていることにとって、それはこれまで語ってきたこととくらべても重要な意味をもつ部類に入る。その強く甘美な神は私の忠実な友となり、その関係は今も変わらずに続いている。これほど影響力を持つものがほかにあるだろうか？　これほど美しく幻想的で、人を熱狂させ、楽しませ、憂鬱にさせるものがほかにあるだろうか？　それは、さながら英雄であり魔法使いだ。エロスの兄弟であり誘惑者だ。不可能を可能にさえしてくれる。貧しい人間の心を美しく素晴らしい作品の創作へと駆り立ててくれるのだ。農民出の世捨て人だった私は、この神のおかげで王にも詩人にも賢者にもなれた。座礁し空っぽになった人生の小舟は、こうして新しい運命が積みこまれ、大いなる人生の急流へと戻されたのだった。

ワインとはそういうものだ。それとの付き合いは傑出した才能や芸術との付き合いのようなものだ。ワインを愛好する者はとことん探し求め、納得のゆくまで、どんな苦労をしてでも手に入れようとする。それができる人は多くはなく、ワインで命を落とす者も数知れない。それは老いを早め、命を奪い、精神の炎を消し去る。しかし、好きな者どうしでパーティも開けるし、ひとたび口に含めば幸福の島々への虹の架け橋にもなる。疲れたときには安眠の枕となり、悲しみにくれているときには友人のようにやさしくそっと抱きしめ、母親のように慰めてくれる。人生のいざこざを昔語りに変え、創造の歌を高らかに奏でるハープともなる。

そして、ワインは、絹のような長い巻き毛、ほっそりした肩、か細い手足をした子どもでもある。おまえの心に身をあずけ、細面の顔をおまえの顔に向け、愛らしく大きな目をさらに丸くして夢でも見ているようなまなざしでおまえを見つめている。その目の奥で森に湧き出る泉のようにきらきらと光を放っているのは、楽園の記憶と、神の子であることのゆるぎない証明だ。

さらに、この甘美な神は、春の夜を水かさを増してごうごうと流れて行く大河にも似る。太陽や嵐を冷たい大波で揺する大海にも。

その神に魅入られ話しかけられたなら、たちどころにあまたの秘密や予感が交錯し記憶力と創作意欲がかき立てられる怒濤の海に放りこまれ、驚きとおののきに身を震わすことになる。既知の世界は小さくなり、失われもするだろう。だが、そんな道なき未知の広がりへ己が魂が身を投じたがるのは、不安ながらも楽しみがあるからだ。そこでは何もかもが初めてなのに、何もかもになじみがある。そして、話されるのは音楽の言葉、詩人の言葉、夢の言葉だ。

さて、そろそろ語りださなくてはなるまい。

何時間も我を忘れて明るくしていられ、研究に打ちこみ、執筆し、リヒャルトの音楽に耳を傾けるということはあった。だが、悩みなく過ぎていく日というのは一日もなかった。悩みごとに襲われるのはたいてい夜ベッドに入ってからだった。そうなると、うめき声を洩らし、がばっと身を起こし、涙にかきくれながら遅くにようやく眠りこむということになる。アグリエッティに出逢ったときも、それは目を覚ました。ただ、こちらは午後も遅い時間のことが多く、まだ暖かさの残る、美しくけだるい夏の夕べが始まるころだ。そんなときは湖へ行ってボートを借り、体がほてってくたくたになるまで漕ぐのだが、そこまでやると、もうまっすぐ部屋に帰る気にはなれない。

いきおい、飲み屋か食堂のガーデンに立ち寄ることとなる。そこでさまざまのワインを試し、グラスを重ねては思い悩み、明くる日には半病人になっていた。そのたびに味わうみじめさと嘔吐《おうと》感に、もう二度と飲むまいと決心するものの、しばらくすればまた出かけて行って、飲んだ。そのうちに少しずつワインの見きわめがつくようになり、意識して楽しむようになった。全体として見ればまだまだ素朴で未熟なものだったが。最終的によりどころとして行き着いたのは深紅のヴァルテッリーナだった。一杯めはまだ風味がきつく口にぴりりと来るが、その後は徐々に私の思考に薄いヴェールをかけていき、静かな夢見心地へといざなってくれる。そして、やがて魔法を使いだし、創造にとりかかり、創作までしはじめる。いつしか私の目の前には、昔好きだった風景が絶妙な照明を浴びてまわりに広がり、私自身はそのなかでさまよい、歌い、夢を見、一段上の暖かい生活が自分のなかでまわっているのを感じていた。そして、それはこの上なく心地よい悲しみとともに終わる。まるで、民謡のバイオリン演奏を聴き終え、気づかないまま素通りして取り逃がした大きな幸せをふと思い出したときのように。

飲み屋通いを続けるうち、いつのまにか独りで飲むことは少なくなり、みんなとわいわいやりながら飲むようになった。そして飲み仲間ができると、私に対するワインの効用ががらりと変わった。話し好きになったのだ。ただ、大いに興奮してというわけではなく、そこには常に熱くなりきれない奇妙な冷ややかさが伴っていた。自分でもほとんどわかっていなかった側面が一夜にして大きく花開いたようなものだが、花自体は庭園などの鑑賞用というよりもアザミやイラクサのたぐいに属していた。というのも、多弁になったのは冷ややかな批判精神が私のなかで大きくなったからで、それによって私は自信家になり、人を打ち負かし、他人に手厳しくなり、機転もきかせられるようになったのだ。その場にいるだけでこちらが不快になるような者がいると、ときには巧妙かつ狡猾《こうかつ》に、ときには荒っぽく執拗に、相手が憤慨して席を立つまで、からかうことを繰り返した。そもそも私にとって人間というのは――子どものときから――取り立てて愛すべき存在でも必要不可欠な存在でもなかった。だが、そんな私がここに来て、批判的かつ皮肉っぽくではありながらも、人間に目を向けるようになった。私がもっぱら好んでこしらえ、人に話していたのは掌篇のたぐいだが、そこでは人間関係を、愛情抜きで、あくまで見たままに風刺的に表現しては辛辣《しんらつ》な嘲笑を加えていた。この、人を見下すような口吻《こうふん》がどこから生まれて来たものか、私自身わからなかった。それは体内の膿《うみ》がたまって出来た腫《は》れもののように急に現れ、以後何年もその腫れがひくことはなかった。

そんななか、ある晩一人で座っていると、また、山や星や悲しげな音楽の夢を見た。

そのころ、数週間かけて現代の社会や文化、芸術に関する一連の考察を書いていた。毒気を含んだ小冊子に仕上がったが、その揺りかごとなったのは飲み屋での会話である。歴史の研究も身を入れて続けていたので、その分野からも題材を引き、結果的にそれが風刺文を引き立たせる背景となった。

この仕事がもとになって、わりと大きな新聞から定期的に寄稿を依頼されるようになると、それによって生活の見通しも立つようになった。その直後には先の小冊子が単行本として刊行され、そこそこの成功を見てもいる。こうなるともう文献学などは完全に頭の外に追いやられてしまう。すでに上の学年に進んでいた私にとって、ドイツの出版業界とのつながりが出来たことは、それまでのこそこそと身を隠して暮らすようなみじめったらしい状態から抜け出て、有名人の仲間入りを果たしたことを意味した。自分でパン代を稼ぎ、負担になる奨学金を放棄し、ちょっとした職業文士という軽蔑すべき人生に順風満帆に船出して行ったのだ。

成功を収めていい気になったり、得意げに風刺文を書いたり、失恋の痛手を負ったりと、気分的な浮き沈みは激しかったが、そんななかにあっても私に覆いかぶさっている青春はあいかわらず熱い輝きを放っていた。ありったけの皮肉を弄し、邪気のない高慢ぶりを見せてはいても、常に目標だけは失わずに、幸せ、完璧さといったものを夢見ていた。それが具体的にどういうものかはまだわからなかった。私が感じていたのは、生きていればいつかしら笑顔がこぼれるような幸せが自分のもとにやって来るにちがいないということだけだった。それは名声かもしれないし、愛の成就かもしれないし、求めてやまないものが満たされることや私自身が一段上の高みに昇ることかもしれない。いずれにしても、私はまだ、高貴な淑女や叙任式で刀礼を受ける騎士や大きな名誉を夢見る小姓でしかなかった。

私は上に向かう軌道の始まりに立っていると思っていた。それまでの経験はすべてたまたま起こったにすぎないこと、己の人生にはまだ底を貫く独自の基音が欠けていることを知らなかった。自分が求めてやまないものが愛情や名声では満たしきれないことをまだ知らなかった。

が、何はともあれ、私は多少苦みを伴った小さな名声を若さにまかせて楽しんでいた。上等のワインをわきに聡明で知的な人びとにまじって座り、いざ私が語りはじめると、まわりの人の顔つきが変わり興味深げに聞き入ってくれるのを見るのは、気分がよかった。

こうした人たちを見ていて時おり奇異に感じたことがある。魂の奥底で救いを求めて叫ぶ声の大きさと、その救いに至る道筋の奇妙さだ。神を信じることは愚かで、いかがわしいことと見なしながら、その一方で、いろいろな教えや名前――ショーペンハウアー[21]、ブッダ[22]、ツァラトゥストラ[23]、ほか多数――が信仰の対象となっていた。趣味のいい家に住み、彫像や絵画を前にしておごそかに黙想にふける名もない若手の詩

21　アルトゥール・ショーペンハウアーはドイツの哲学者（一七八八～一八六〇）。主著『意志と表象としての世界』。

22　ブッダは仏陀、ゴータマ・シッダールタのこと。生没年不詳、前五世紀ごろの人で、後、ゴータマ・ブッダとなり、仏教を創始した。サンスクリット語 Buddha は budh（目覚める）を語源とし、「目覚めた人」「覚者」すなわち「真理、本質、実相を悟った人」を表す（日本大百科全書より）。なお、ヘッセには、このシッダールタが解脱するまでを描いた小説『シッダールタ』（一九二二年刊）がある。

人がいた。神にひれ伏すことを恥と考えたのかもしれないが、その実、オトリコリのゼウス[24]にはひざまずいていたのだ。みずからに節制の苦行を課した禁欲主義者がいたが、その身なりは見るに堪えないものだった。その人たちの神はトルストイ[25]とかブッダという名前だった。壁紙から音楽、料理、ワイン、香水、葉巻に至るまで充分に吟味したものばかりをそろえて独特の雰囲気を創り出し、そこに浸ることでわが身を奮い立たせていた芸術家がいた。音楽の線だとか色の和音といったようなことを訳知り顔で話し、あちこちで「自分なりの音符」にできそうなものを狙《ねら》って目を光らせていたが、そんなものはたいてい罪のない自己欺瞞《ぎまん》からか、いかれた頭のなかで産み出されたものでしかなかった。基本的に私は、こうした人たちの言動にはどこか無理があり、全体として見ている者を大いに楽しませてくれる喜劇にほかならないと受け止めていた。が、他方で、真剣に目標を追い求め、魂の力を限界まで燃え上がらせては消えて行った人の話に接するたびに、えもいわれぬ怖気に襲われもした。

新しい潮流に乗って颯爽《さっそう》と登場してきた詩人や芸術家、哲学者と知り合いになれたことには、われながら驚きもし嬉しくもあったが、そのなかから名士と呼ばれる者が出たかどうかについては何も知らない。なかに一人、私と同年代の北ドイツ出身の男がいた。小柄で、ひ弱そうな体つきだが、人好きのする性格で、みんなから愛されていた。芸術面に関しては、すべてにおいて繊細で感受性が強かった。まわりからは将来の大詩人と見なされ、私も何度か彼の詩の朗読を聞いたことがある。今思い起こしても、常人にはない香気が漂う魂のこもった美しさが浮かんでくる。もしかすると、私たちのなかでほんとうに詩人となりえた唯一の人だったのかもしれない。その後、風の便りにその人の消息が耳に入ってきた。何でも、文学上のことで失敗してすっか

23 ツァラトゥストラはゾロアスター教の創始者、ゾロアスターのドイツ語名。ニーチェの主著『ツァラトゥストラはこう言った』でこの呼び方が定着したとされる。なお、ニーチェは、その主著のなかでツァラトゥストラを自分の理想的分身として「超人」や「永劫回帰」の思想を語らせている。

24 オトリコリのゼウスとは、ローマの古代都市であるオトリコリにあるゼウス像のこと。この像はローマ時代の模刻で、原作はブリュアクシとされる。ゼウスはギリシア神話の最高の神で、天候・社会秩序をつかさどった。

25 トルストイは、ロシアの小説家(一八二八〜一九一〇)。『戦争と平和』や『アンナ・カレーニナ』で知られる。人間の良心とキリスト教的な「愛」による人道主義的文学を確立したとされる。

り臆病になり、公《おおや》けの場から引っこんで、やくざなパトロンの手に落ちたらしい。そして、そのパトロンは激励して元に戻すどころか、ますますだめにして立ち直れなくしてしまった。裕福な主の邸宅で気むずかしい女性たちを相手に審美家を気取ってほらを吹き、勝手な思い込みから自分は埋もれた詩神だと言いふらし、ショパン[26]の音楽とラファエル前派[27]の恍惚《こうこつ》にどっぷりと浸かるうち、ついには見るもあわれに道を誤り、当然の帰結として自分自身を失ってしまったのだった。奇をてらった服装や髪型をした詩人たちは志こそ立派だったかもしれないが、まだ一人前になりきれない人たちばかりで、当時のことを思い出すたびに私は恐怖と同情を覚えずにはいられない。それというのも、こういう人たちとの付き合いの危うさに気づいたのはだいぶ後になってからだったからだ。一緒になってはしゃぎまわることからこの身を守っていたのは、高地の農民気質だった。

とはいえ、名声やワインや恋愛や学識よりも貴く、ありがたかったのは友情だった。何ごとにも気の重さが先に立つこの性格に手を差しのべて、青春の歳月を少しも損なうことなく曙《あけぼの》の光のようにいつでも生き生きと蘇《よみがえ》らせてくれるのは最終的にそれだけだった。私は今でも、男どうしの腹蔵のない友情以上に美味なものはこの世にないと思っている。物思いに沈む日々が続き、無性に青春のころに帰りたいと思うようなとき、その郷愁の先にあるのは学生時代の友情にほかならない。

エルミーニアに恋心をいだいてからはリヒャルトとは少し疎遠になっていた。初めは気にもしていなかったが、何週間かして良心がうずきだした。そのことを正直に彼に打ち明けると、彼のほうも、不幸なことが起こりそれがしだいに大きくなっていくのを見ているのは残念でならなかったと率直に話してくれたので、私はあらためて心から一途に彼との結びつきを深めようと思い定めた。当時私がささやかな処世術を明るく自由に駆使することで得られたものは少なくないが、それができたのはすべて彼のおかげである。彼は身も心も美しさと明るさのかたまりのような人で、その人生に

26　ショパンはポーランドの作曲家、ピアニスト（一八一〇〜一八四九）。フランスを中心に活動。サロン風ピアノ作品に新境地を拓いた。

27　ラファエルはイタリアの画家、建築家ラファエロの英語名で、レオナルド・ダ・ヴィンチ、ミケランジェロとともにルネサンス期の三大巨匠の一人。ラファエル前派は一八四八年、ロセッティ（一八二八〜一八八二）が中心となってロンドンで結成された若い芸術家のグループ。ラファエル以前のイタリア初期ルネサンス美術に価値を見いだし、その再生をめざした。

影のようなものは何一つ見えなかった。激動の時代の趨勢《すうせい》と誤りを明敏に悟っていたので、何の危害も受けることなく上手に立ちまわってすり抜けていた。歩くときのしなやかな身のこなし、話し声の心地よい響き、その場にいるだけで愛さずにはいられなくなる存在感。それにしても、どうしてあんなに笑えたのだろう。

私のワイン研究には彼はあまり理解を示さなかった。たまに一緒に行くこともあったが、二杯も飲むともう充分で、私の飲みっぷりのよさをただただ驚いて眺めていた。だが、私が悩みごとを抱えてどうしようもなく塞《ふさ》ぎこんでいるのを目にすると、何か弾いてくれたり、朗読したり、散歩へ連れ出してくれたりした。山歩きなどに出かければ二人とも幼い子どものようにはしゃいだものだ。一度、暖かい陽射しに誘われ、昼休みを利用して森のなかを流れる川に行ったことがある。岸辺に寝そべってモミの毬果《きゅうか》を投げつけ合ったり、「信心深いヘレーネ」[28]の詩を思い入れたっぷりに歌ったりした。早瀬をなして流れる単調な水音が思わせぶりな誘惑のように耳に届く。たまらず私たちは服を脱ぎ、澄みきった水のなかに身を横たえた。するとリヒャルトが、ちょっと寸劇をやってみないかと言い出した。彼が苔むした岩に座ってローレライになり、私が小さな帆船の船乗りになってその下を通って行くというものだ。ところが、いざ始めてみると、乙女さながらに恥ずかしそうにしていた彼がふいにしかめっつらをしてみせたので、悲痛な苦しみを演じなくてはならないはずの私は、こらえきれずに大笑いしてしまった。と、そのときだ、突然人の声が大きくなり、旅行者のグループがこちらにやって来るのが見えた。私たちはあわてて裸のまま洞《ほら》のなかに隠れた。こんなところにハイカーが来るとは思いもしなかったが、その一行がわきを通りすぎるとき、リヒャルトは低い声でうなったりキーキー声をあげたりフーッと息まじりの音を立てたりと、奇妙奇天烈《きてれつ》な音を次々に発した。その音にぎょっとしたハイカーたちはその場に立ちすくみ、あたりをうかがい、川のなかを覗《のぞ》きこんでいる。すると、今にも見つけられそうだと見たのか、リヒャルトが洞から上半身を出し、憮然《ぶぜん》としている面々をまっすぐ見すえ、深みのある声に聖職者のような身振りを添えてこう言った。「ささ、どうぞ、心静かにお行きなされ」そして、すぐにまた姿を隠すと、私の腕をつねって「これもジェスチャーゲームなんだ」と言った。

28　「信心深いヘレーネ」はヴィルヘルム・ブッシュの代表作で、一八七二年に発表されたイラスト入りの物語詩。

「何の？」と私は訊いた。

「羊飼いをおどかす牧神パン」[29]と言って、彼は笑った。「残念ながら、女どももいたけどね」

私の歴史の研究にはリヒャルトはあまり関心を示さなかった。ただ、アッシジの聖フランチェスコに対する私の惚《ほ》れこみようが尋常でないことを見て取ると、私が憤慨するような冗談を飛ばしながらも、聖人のことに思いを馳《は》せる楽しみを共有するようになった。天福にあずかった忍耐の人がいかにも楽しそうに、愛らしい子どもがそのまま大きくなったような明るさと人なつっこさを漂わせ、神とともにあることを喜び、すべての人に謙虚な愛情を注ぎつつ、ウンブリアの景色のなかを歩いて行くのを思い浮かべながら、私たちは一緒になって彼の不滅の詩歌、太陽の賛歌[30]を読み、それをほぼ暗唱できるまでになった。二人で蒸気船に乗って湖を遊覧して帰る途中のこと、金色の湖面が夕方の風に揺れたとき、リヒャルトが声低く訊いてきた。「ねえ、あの聖人がここに立ったら何て言うと思う？」私はある箇所をイタリア語で引いた。

「主よ、あなたを称えます、わが兄弟の風により、大気により、また曇り空と青空と、いかなる天気にもよりて」

二人のあいだで言い争いが始まり罵《ののし》り合いにまで発展すると、リヒャルトは決まって、小学校の生徒がやるみたいに、おもしろおかしい綽名《あだな》を矢継ぎ早に私に投げつけてきた。おかげで私はすぐに大笑いしてしまい、易々と怒りの毒気を抜かれてしまうのだった。こんな親友でも真剣になるときはある。好きな音楽家の演奏を聴いたり自分で演奏したりするときだ。もっとも、そういうときでも、冗談を言いたくなれば平気で中断していたが。とはいえ、芸術に向けられたリヒャルトの愛情は純粋で、彼は心からそれに打ちこんでいた。ほんとうに価値あるものに対する感情はまぎれもないものと私は見ていた。

リヒャルトは友人が困りはてているとき、慰めたり、そばにいてあげたり、笑わせて元気づけてやったりということを驚くほど細やかに優しくやってのけるすべを心得ていた。私なんかが不機嫌にむすっとした顔をしていると、ばか丸出しのような親切

29　パンはギリシア神話の牧神。上半身が人の姿で、髭《ひげ》だらけの顔と山羊のような耳と角をもち、下半身は山羊の足に蹄《ひづめ》がついている。杖を手にし頭に松葉の冠をつけている。

30　太陽の賛歌とは、アッシジの聖フランチェスコがほとんど盲目になっていた時期につくった祈りの詩。

心を発揮してたわいもないエピソードを次々に並べていき、しかも、その口調には相手をなだめ、笑わせて元気にさせるところがあるので、こちらは下手に口を差しはさめなくなってしまうのだ。それでも、彼は自分より私のほうがまじめだからといってほんの少しだけ敬意を払ってくれていた。いや、そういえば、私の体力には感心すらしていた。そして、私の怪力ぶりを会う人会う人にひけらかし、自分を片手で絞め殺せる友人を持っていることを誇りにしていた。リヒャルトは身体的な能力や器用さにはけっこううるさく、テニスの手ほどきを始めとして、一緒にボートを漕いだり泳いだり、乗馬にも連れ出したり、ビリヤードの腕も自分と同じくらいに上達するまでせっせと教えこんだりした。特にビリヤードは彼のお気に入りのゲームで、ほれぼれするほどみごとなキューさばきを見せるだけでなく、これをやるとなるとほかのこと以上に生き生きとし、ウィットも冴え、楽しくてしょうがないという顔をした。よくやっていたのは、三つの球に知り合いの名前をつけ、突くたびに球の位置や距離のあるなしに応じて頓知《とんち》をきかせ、当てつけや喩えも交えて一篇の物語をこしらえることだった。そのうえで落ち着いて軽やかかつエレガントに球を突いた。そんな彼を眺めるのも一つの楽しみだった。

リヒャルトは私の文筆稼業を私ほどには高く評価していなかった。こんなことを言われたことがある。「あのさ、僕はきみのことをいつも詩人だと思っていたし、今でもそう思っている。でも、それは、きみが寄稿している文芸欄の読みもののせいではなく、美しく奥深いものがきみの体のなかに息づいているような気がしてならないからだ。それは遅かれ早かれいつか表に飛び出てくる。そして、それこそがほんとうの作品になると僕は思ってるんだ」

そんなふうにして過ごすうち、大学の学期は、小銭が指のあいだから滑り落ちるようにして残り少なくなっていった。さらに、そこに思いがけないことまで加わった。リヒャルトが故郷に戻ることを本気で考えざるをえなくなったのだ。私たちはいつにもましてばか騒ぎに精を出し、残された数週間を思いっきり楽しんだ。そして、最後に、どちらからともなく、つらい別れを迎える前に一つお祭り気分になれるような華々しいことをやろうじゃないかという話が出て、すぐに意見がまとまった。これまでの素晴らしい歳月を明るく締めくくるにふさわしいようなことをやろうというのだ。私はベルン・アルプスの山歩きを提案したが、さすがにそれは早春ということで時期的に早すぎた。私がもっといいプランはないものかと頭を悩ませていると、リヒャルトがこちらの知らぬ間に父親に手紙を書き、ビッグなプレゼントを用意してくれた。ある日のこと多額の手形を持ってやって来て、一緒に北イタリアへ行こう、ただし、きみは僕のガイド役だぞ、と言ったのだ。

にわかには信じられず、心臓の高鳴りを覚えるまで一瞬の間があった。少年時代から胸にいだきつづけ、何百何千回と夢にまで見て求めてやまなかった願いが今満たされようとしている。熱に浮かされたようになりながら私はわずかばかりの準備を整え、友人にイタリアの単語を教え、その日を待った。何ごとも起こらないようにと毎日が気が気でなかった。

手荷物を先に送り、私たちは車上の人となった。きらきら光る緑の野山が後方に去っていく。ウーリ湖を過ぎ、ゴッタルド峠にさしかかった。そこを越えると、ティチーノ州の雪の峰やガレ場、渓流、山小屋が目に入ってくる。平地に下りたところでようやくブドウ畑のなかに石造りの黒っぽい家が点々と見えてきた。湖のほとりを走るころには期待に胸がふくらみ、実り豊かなロンバルディアを抜ければ、騒々しく活気があり、人を引きつけ、また突き放しもする不思議な街、ミラノはすぐそこだ。

リヒャルトはミラノの大聖堂《ドゥオーモ》については何のイメージも持ってなく、単に有名な大建築という認識しかなかった。彼ががっかりして憤慨するさまは見ていておかしくなった。そんな第一印象の幻滅を乗り越え、持ち前のユーモアを取り戻すと、リヒャルトは、屋根に上がって、あのやたらといっぱい並んでいる石像を片っ端から見てやろうじゃないかと言いだした。実際に小尖塔に載っている無数の聖人の彫像を間近で見てそんなに惜しいと思えるような代物《しろもの》でないとわかったときには、二人して多少の満足感を覚えていた。というのも、そのほとんどが、少なくとも新しいものに関しては全部が、その辺の工場で造られたものであることがはっきりしたからだ。それからほぼ二時間、私たちは大理石の板が敷きつめられた広々とした斜面に寝ころんでいた。大理石は四月の陽射しを受けてほのかに熱を帯びていた。すっかりくつろぎながらリヒャルトがこんなことを言った。「いやね、たしかにこの変な大聖堂にはがっかりしたし、この先もこういうことはいくらでもあるような気がする。でも、それはそれでかまわない。正直、今回の旅行では立派なものを目にしたら、それに圧倒されてしまうんじゃないかと少し不安だったんだ。けど、今じゃ、そういうものがぐっと身近に、そしてとっても人間的で滑稽なものになりはじめてる！」そのとき彼を刺激してバロック的な空想へいざなっていたのは、寝ころんでいた私たちの周囲にあった例の石像群だ。

「思うに、あの聖堂内陣の上にある尖塔がいちばん高いから、あそこに立っている聖人が位もいちばん上なんだろうね。まあ、あんな尖塔の上で綱渡り師みたいにずっとバランスを取りつづけるなんて石像本人もおもしろくはないだろうから、定期的に最上位の聖人がお勤めを解かれて天上へ呼ばれるってことはあってもいいわけだ。実際、そういう場面に出くわしたら、さぞかし見ものだろうね。だってさ、いちばん上がいなくなったら当然ほかの聖人は全員、序列をくずすわけにいかないから、そのまま一つずつ前へずれていくことになるんだぜ。みんなしていっせいに一つ先の尖塔へ大ジャンプするのさ。ああ、まだ自分の前には何人もいるって恨めしく思いながらね」

それ以来私はミラノを通るたびに、この日の午後のことを思い出した。そして、あまたの石の聖人が大ジャンプを敢行しているさまを想像しては、もの悲しい笑いを洩らしてしまうのだった。

ジェノヴァでは大きな愛情を得て、そのぶん豊かになった。晴れわたった風のある日で、正午過ぎのことだった。私は彩り豊かなジェノヴァの街を背に、胸壁に肘を突いていた。眼下には満々たる青い水が息づいている。海だ。その永遠にして不変なるものが何を求めてか暗いどよめきとともに私に襲いかかってきた。そのときだ。私はふと、自分のなかの何かがこの青い泡立つ水と親和するのを感じた。そして、それは生きているあいだだけでなく死後も続くような気がした。

広々とした水平線も同じようにしっかりと私をとらえた。それは、子どものときに見た青くかすむ空の彼方のように、門を開けて私を待っているように見えた。だが、同時に、自分は地域に根づきほかの人にまじって街なかの家で暮らすように生まれついているのではなく、異郷をさまようことに、海の上を放浪することに生まれついているのだとの思いが湧いてきた。暗い衝動に突き動かされ、神の胸に身を投げ、このささやかな生を、時を超えた無限のものに添わせてしまいたいという昔からの欲求がまたしても私のなかで立ち上ってきた。そんなことを考えても悲しくなるだけなのに。

ラパッロでは初めて海の水と格闘した。泳ぎながら塩辛い水を飲み、大波の威力をまともに食らった。まわりを見れば、青く澄んだ波と黄褐色の岩浜と高くおだやかな空があり、岸を洗う波のさざめきが永遠に続く。黒いマストに白い帆の船がはるか遠くを滑るようにして進んで行く。小さく煙をたなびかせながら彼方へ去って行く汽船も見えた。そんな船を見つけるたびに私の目はそこに釘づけになった。休むことを知らない雲に次いで、船を見るのは好きだった。こんなふうにはるか遠くを航行し、やがて小さくなって、水平線の向こうへと消えていく船ほどあこがれと放浪を美しく的確に表現しているものを私はほかに知らない。

そして、フィレンツェにやって来た。その街は、私が何百何千回と絵で見、夢で見て知っていたとおり、明るく広々としていて、訪れる人を温かく迎えてくれた。街を貫く緑の川にはいくつもの橋が架かり、周囲の小高い山々の稜線もくっきりと浮き出て見える。ヴェッキオ宮殿の塔が晴れわたった空を威勢よく突き刺し、その先にある丘の上には美しいフィエーゾレの街並みが春の日を受けて白っぽく横たわっている。山の斜面は見わたすかぎり満開の果樹の花で白や赤に染まっていた。活気がみなぎり、誰もが楽しげで邪気のないトスカーナの生活は私には奇跡のように思え、気づいたときにはすっかり気分が高揚し、自分の故郷に帰ったときよりも早々にこの土地の人間になりきっていた。日中は教会や広場や小路、遊歩廊、市場をぶらつき、夜はもうレモンが熟しているような山手の庭園で夢想にふけったり、小さな素朴な店でキアンティワインを飲みながらおしゃべりしたりして過ごした。合間には画廊めぐりやバルジェッロ美術館、修道院、図書館、聖具室などで過ごす至福の時間があり、午後、半日かけてフィエーゾレ、サン・ミニアート、セッティニャーノ、プラートを訪れたりもした。

この旅行に出るときに交わした取り決めにしたがって、リヒャルトとは一週間、別行動を取ることになった。自分の青春時代のなかで、このときの旅ほど素敵で楽しく貴重なものはない。実り豊かな緑のウンブリアの山野をひたすら歩いて抜けて行くのだ。聖フランチェスコの道を行くときには、聖人と並んで歩いているような気になり、小鳥や泉やイヌバラの茂みにまで感謝と喜びの気持ちをこめて挨拶し、心の奥底から湧いてくる愛情を実感した。日当たりのよい斜面に生《な》っていたレモンをもいでかぶりつき、小さな村で夜を明かし、歌を歌い、胸のうちで詩作し、アッシジの聖人の教会で復活祭を祝った。

ウンブリアを歩いてまわったこの一週間の日々は、今なお、私の青春時代の絶頂であり、ひときわ美しい夕焼けであったように思えてならない。新たな泉が私のなかで湧き出ない日はなかったし、明るく晴れやかな春の景色に目をやれば、柔和な神の瞳を覗きこんでいるような気がしたものだ。

私はウンブリアでは「神の吟遊詩人」フランチェスコを慕ってその後を追った。

フィレンツェでは十五世紀の生活の確たるイメージを堪能した。今日《こんにち》の生活形態に対する風刺文はここに来る前から故国で書いていた。しかし、現代文化の滑稽なまでのみすぼらしさを感じたのはここフィレンツェに来てからのことだ。この地で私は真っ先に、そして、自分は現代社会では永遠によそ者でありつづけるだろうという予感に襲われた。自分の人生を現代社会の外側で、場合によってはこの南の地で送ってみたいという願望も真っ先に目覚めた。ここならば私は人びとと付き合っていける。ここならばどこへ行っても遠慮のない自然な生活がある。それが嬉しい。そんな自然な生活を気高く洗練させているのは、それをうっすらと覆っている古典の文化と歴史の伝統だ。

輝くばかりの楽しく素晴らしい数週間はまたたくまに過ぎていった。リヒャルトまでがこんなに有頂天になったのを私は見たことがなかった。二人ともすっかり舞い上がり大はしゃぎしながら、美しさと楽しさがなみなみと注《つ》がれたグラスを飲み干した。強い陽射しを浴びながら街道を逸れ、奥まった山間の村にまで足を伸ばした。飲み屋の亭主や修道僧、土地の娘と友だちになった。村の教会の小柄な神父は満足げだった。素朴なセレナーデに聞き耳を立て、日焼けした顔の可愛い子どもたちにパンや果物を分け与えた。晴れた日には小高い山に登り、春の輝きのなかにあるトスカーナと、遠くほのかにきらめくリグリア海を見おろした。二人とも、こういう幸運に恵まれたのだからきっとこれからは豊かで新しい生活を迎えられるだろうとの思いを強くしていた。仕事、闘い、楽しみ、名声、そういったものはすぐ近くに光を放ちながら確実にあったので、私たちはあわてることなく幸せな日々を楽しんだ。間近に迫った別れもいっときだけの軽いものに見えた。というのも私たちは、互いに相手は必要不可欠の存在で、生涯にわたって信頼関係が続くということが、以前にもましてはっきりとわかったからだ。

それは私の青春の物語だった。今思い起こしても、夏の夜のように短いものでしかなかった。ほんの少しの音楽と、ほんの少しの才知、ほんの少しの愛情と、ほんの少しの虚栄心――だが、それはエレウシス祭[31]のように美しく、豊かで、色鮮やかだった。なのに、風の中の灯火《ともしび》のように、あえなく早々に消えてしまった。

リヒャルトとはチューリヒで別れた。彼は二度も列車から降りて来て私にキスし、汽車が動きだしても、窓から顔を覗かせ、見えなくなるまで何度も私にむかってうなずいた。

二週間後、リヒャルトは南ドイツの、ばかばかしいほど小さな川で泳いでいて溺《おぼ》れ死んだ。二度と彼の顔を見ることはなかった。埋葬されたとき、私はその場にいなかったのだ。すべては数日後に、すでに柩に納められ地中に埋められた後で聞いたからだ。私は部屋の床に這《は》いつくばり、神を、人生を、ありったけの罵詈雑言《ばりぞうごん》でののしった。泣きわめき、荒れ狂った。そのときまで私は、この数年間に自分が確実に手にしていたものが友情だけだったとは露ほども考えたことがなかった。それが今、消え去ってしまった。

この街にはこれ以上いたたまれなくなった。毎日のように思い出にまとわりつかれ、息苦しくてならなかった。先のことはもうどうでもよかった。魂が芯から病気になり、生あるものすべてに恐怖を覚えた。こんなふうに心身が壊れてしまっては、ここから立てなおし、新しく帆を張りなおして、今以上に実現がきつくなる壮年期の幸せに立ち向かうことなど、とても見通せなくなったように思えた。神が私に望んでいたのは、自分の最もよいところを純粋で心躍る友情に捧げることだった。私たちは足の速い二艘の小舟となって全速力で並走した。リヒャルトの舟は色鮮やかで軽くて、すいすいと進み、まわりからも好かれていた。私はその舟から目を離せなくなり、これについて行けばどんな目標にでもたどり着けるのではないかと思いこんだ。だが、その舟は叫び声を発する間もなく沈んでしまった。一人取り残された私は舵を失い、一瞬にして暗くなった水の上で、ただおろおろとうろついていた。

厳しい試練に耐え、星にしたがって方向を定め、新しい航路に沿って人生の栄冠を求めて闘い、さまようことが、私にあてがわれたことなのかもしれない。私は友情を、女性の愛を、青春を信じていた。だが、そのすべてが次々と失われた今となっても、なぜ私は神を信じようとしないのだろう、なぜその力強い手のなかに身をゆだねようとしないのだろう? 私は生涯、子どものように臆病で反抗的で、いつも、本来あるはずの人生というものを待っていた。嵐のときに私のところにやって来て、分別をつけ心を豊かにさせたうえで、大きな翼に乗せてもっと上の幸せへと私を運んで行って

31　エレウシスとは、現在のアテネの北西部にあった古代都市。エレウシス祭とは、この地の神殿で行われていた、豊作の女神デメテルとその娘ペルセフォネの密儀のこと。農業の祭祀であるとともに、この祭により死後の幸福が信じられた。

くれるはずのものを。

しかし、このとき、その人生は賢明にも身を引いて押し黙り、私に任せきりにしていた。嵐も星も送ってよこさず、私が小さくおとなしくなって反抗心がこわれるまで待っていた。私にうぬぼれと知ったかぶりの喜劇を演じさせ、見て見ぬふりをし、迷子になった子どもでもいずれは母親を見つけるときが来るだろうと、そのときまで待つことにさせたのだった。

5

私には、うわべだけを見ればそれまでよりも波瀾に富んだ多彩な人生とも言える時期があった。見ようによってはちょっとした通俗小説にでもなるような人生だ。それはドイツのある新聞に編集者として採用されたことから始まる。当初はそこで自由気ままにペンを走らせ、生意気な口をたたいていたのだが、そのうちに、たびたび嫌がらせを受け、学校の生徒のように説教されるようになった。その後、大酒飲みだとの評判が立ち、最終的に、毒々しいもめごとの末、その職を解かれ、通信員としてパリへ送られた。そこでの暮らしはひどいものだった。あちこち転々としながら、自堕落な生活を送り、いろんなところに首を突っこんでは、辛酸をなめた。

本来ならその一部始終を語るべきところなのかもしれないが、そういうことに興味を示す物見高い読者に肩すかしを食らわせ、この時期のことを素通りしたとしても、それは怖じ気づいて逃げたということにはならないだろう。自分が次々に間違った道に進み、いやというほど汚らわしいものを目の当たりにし、そこにはまっていたことを隠し立てするつもりもない。ボヘミアンのロマンチシズムを解するセンスは、以来、完全に失われた。今となっては、読者の方には、私が自分の人生にもあった純粋で善なるものをよりどころにし、あの失われた時期はもうなくなって片がついたものとすることを認めていただきたいと念ずるばかりだ。

ある晩、私は一人で森に座り、パリだけでなく、いっそのこと生そのものから去ってしまったほうがいいのではないかと思い悩んでいた。考えてみれば、自分の人生を見なおすのも久しぶりのことだったが、出て来た答えは、そうしたところで失うものは多くはないだろうというものだった。

が、そのとき、記憶のなかでひらめくものがあった。はるか昔の忘れられていた日のことだ。故郷の山中の夏の早朝、ベッドのそばにひざまずく自分の姿が見えた。そのベッドには母が横たわり、死の苦しみに耐えていた。

愕然《がくぜん》とした。こんなにも長くあの朝のことを考えられなくなっていた自分が恥ずかしかった。死のうなどという愚かな考えはたちまち消え去った。というのも、根がまじめで完全に道を外れたわけではない人は、健康で善良な人生を送った人の命が消えて行くさまを一度でも見たことがあるなら、みずからの生を絶つことはできないと思うからだ。今また目の前で母が死んでいく。母の顔を気高くした、ひっそりとして真剣そのものの死のなせる業が見える。死は酷に見えるが、その強さと優しさは、さながら道に迷った子どもの手を引いて家に連れ帰る父親と同じだ。

　そのとき、あらためて思い知らされたのは、死は私たちのよき兄弟であり、しかるべき時をちゃんとわかってもいるので、私たちは全幅の信頼を寄せてその時が来るのを待っていればいいということだった。また、苦悩や失望や憂鬱は私たちを落ちこませ価値や威厳をなくしてしまうためにあるのではなく、むしろ私たちを成熟させ輝かせるためにあるのだということも、私は理解しはじめていた。

　一週間後、私は荷物をまとめた木箱をバーゼルに向けて発送すると、徒歩で美しい南フランスの地を抜けて行った。日を追うごとに、悪臭のように私につきまとっていた不遇なパリ時代の記憶が薄れ、霧消していくのが実感できた。「愛の法廷[32]」というのにも居合わせた。城に泊まり、水車小屋や納屋で夜を明かした。真っ黒に日焼けした話し好きな若者らと一緒に、陽を浴びてぬるくなったワインを飲んだ。

二カ月後にバーゼルに到着したときには、服は擦り切れ、がりがりに痩せ、褐色の肌になっていたばかりか、心のなかまですっかり変わっていた。それは私の最初の、数あるなかでも初めての、徒歩による大旅行で、その後もたくさんの旅行をすることになった。ロカルノとヴェローナのあいだ、バーゼルとブリークのあいだ、フィレンツェとペルージャのあいだは、二度、三度とブーツを埃だらけにして歩いたものだ——夢を追っての旅だったが、その夢が満たされたことは一度もなかった。

バーゼルの郊外に部屋を借り、荷物を解き、働きはじめた。私のことを知っている人が一人もいない街で静かに暮らせることが嬉しかった。いくつかの新聞とレビュー誌との関係はまだ続いていた。とにかく、生きるために働かなくてはならない。初めの何週間かはぐあいもよく、おだやかに過ぎていった。が、しだいに昔の悲しみが戻ってきて、何日も何週間も居すわり、仕事をしていても去ろうとしなかった。憂鬱がどんなものかは、身をもって経験した者でなければ理解できない。私はそれをどう書けばいいのだろう？　私がいだいていた孤独感はぞっとするほどひどいものだった。自分とまわりの人びととのあいだには大きな溝があった。いや、それどころか、広場や家々や路上で営まれている街の暮らしとも遠く隔たっていた。大事故が起こり、新聞に重大ニュースが載っても、私には何の関係もなかった。パーティが催され、死者が埋葬され、市場が立ち、コンサートが開かれても、それが何だというのか。何になるというのか。私は出歩き、森のなかを、野山や街道をほっつき歩いた。すると、行く先々で、牧草地が、木々が、畑が、悲しみをこらえて黙りこみ、無言でこちらに懇願のまなざしを向けてきた。ほんとうは私に何か言いたくて、私を出迎えて挨拶の言葉をかけたくてたまらないのだ。けれども、どれもその場にじっとし、何も言えずにいた。私には彼らの苦悩が理解できた。同情もした。だが、救済してやることはできなかった。

私は医者に行った。日々の生活を詳細に書き記したものを持参し、事細かに述べて自分のことをわかってもらおうとした。医者はそれに目を通し、質問し、診察をした。そして、「うらやましいほどの健康体です。肉体的に欠けているものは何もありま

32 スタンダール『恋愛論』(一八二二年刊)の付録に「恋の法廷」がある。十二世紀のフランスで、繊細な恋愛問題について著名な貴婦人たちが「恋の法廷」を開き、そこで「恋の判決」をくだしていた、とある。ただし正式な法制度として整っていたわけではない(新倉俊一『ヨーロッパ中世人の世界』ちくま学芸文庫参照)。

せん」と褒めてから、「本を読んだり音楽を聴いたりして、気分転換を心がけたほうがいいですね」と付け加えた。

「職業柄、毎日、新しいものを大量に読んでいます」

「外に出て運動してみるというのもいいですよ」

「毎日三、四時間は歩いています。休みのときにはその倍ということもあります」

「それでは、無理をしてでも人なかに出るようにしたほうがいいですね。今のままだと、ほんとうに人嫌いになってしまうおそれがあります」

「それは大事なことなんでしょうか？」

「そりゃあ大事です。付き合いをいやがっていたら、そのうち人に会うことさえおっくうになってしまいます。今はまだ病気と言える段階ではありませんし、憂慮すべき状態とも思えません。でも、いいかげん世間から身を引いてほっつき歩くのをやめないと、いつかはバランスをなくしてしまいます」

医者は私のことを理解し、親身に心配してくれた。気の毒がって、私をある学者に紹介までしてくれた。その学者の家は人がたくさん出入りし、知的で文学的な活気にあふれているという。私はそこへ出かけて行った。みんな私の名前は知っていて、好意的に温かく迎えてくれた。それからはたびたび行くようになった。

晩秋の寒い晩に出かけて行ったときのことだ。若い歴史家と、きゃしゃな体つきの黒髪の娘がいた。ほかに客はいなかった。娘はティーサーバーで紅茶を淹《い》れながらしゃべりどおしで、歴史家にとげとげしい言葉を投げつけていた。その後、ピアノを少し弾いた。それから私に話しかけてきて、あなたの風刺文を読んだことがありますけど、ちっともおもしろくありませんでしたと言った。彼女は私には利口に、いや、少々利口すぎるように思えた。私は早々に家路についた。

いつしか、あいつはしょっちゅう飲み屋に出入りしている、おおっぴらにはなっていないが、もともとがたいそうな酒飲みなんだという噂が立ち、私の耳にも届くようになった。別段、不思議はなかった。アカデミックな連中が集まる社交場では男女問わず、そういう噂話に花を咲かせるのが常だったからだ。ふつうはこんなことを暴かれると恥ずかしくなって人づきあいにも支障を来《きた》すものだが、私の場合はそういうことはまったくなく、むしろ周囲から注目を浴びることになった。それというのも、社交場に集まる紳士淑女たちは禁酒に熱心で、その手の団体の委員会に名を連ね、飲んべえたちを罪人に仕立て上げては喜んでいたからだ。ある日、すこぶる丁重な攻撃が私にも開始された。それは飲み屋暮らしは恥ずべき行為であるとし、飲酒癖を一方的に罵る調子のもので、健康面だけでなく倫理的、社会的立場から飲酒そのものを全面的に見なおすよう促し、さらには協会の会合に参加し厳粛な空気に触れてみるよう求めてきた。私は飛び上がらんばかりに驚いた。こういう団体が存在し、こんな活動をやっているとは、それまで考えたこともなかったからだ。音楽を流し宗教的な雰囲気を演出した協会の会合は、こちらが気まずくなるほどに滑稽で、そこで受けた印象については隠すこともしなかった。何週間にもわたって私は愛情に名を借りた押しつけがましさで責め立てられた。やることなすことがすべて退屈で、ひたすら同じ文句を繰り返して回心を迫ってくるので、ある晩とうとう私はやけを起こし、いいかげんがみがみ言うのはやめてもらいたいと、強い調子で頼みこんだ。その場にはあの若い女もいた。私の発言にじっくりと耳を傾け、私が話し終えるや、心のこもった声で「ブラヴォー！」と言ってくれた。が、私はむしゃくしゃしていたので、それを気に留めることはなかった。

禁酒主義者たちが勢ぞろいしたきわめて厳粛な雰囲気の場で人の笑いを誘うような

ちょっとしたハプニングが起こったときには、そこに居合わせた私も大いに喜び、溜飲を下げたものだった。例の協会が大勢の客を招き、本部で大会を開いたときのことだ。宴席が設けられ、演説がなされ、友情が結ばれ、合唱団の歌があり、慈善活動がつつがなく前進を見ていることが歓呼の声をもって讃えられた。しかし、旗持ちを仰せつかった使用人にしてみればアルコール抜きで長々と演説を聞かされるのは耐えがたく、近くにある飲み屋にこっそり姿を消してしまった。かくして、厳粛なパレードとデモンストレーションの行列が通りを練り歩きだしたときには、罪人呼ばわりされた人たちは思いがけない見ものに出くわし、いい気味だとばかりににやにやしながら楽しむこととなる。青い十字の旗を手に熱心な協会員の行列の先頭に立っているのが、ほかでもない、相当にきこしめして上機嫌になっている使用人だったのだ。その腕のなかでは難破した船のマストのように青十字が揺れていた。

酔っぱらいの旗持ちはすぐに締め出された。だが、虚栄心や嫉妬や悪だくみなどが複雑に絡み合ったこの上なく人間的な部分は締め出されなかった。それは以前から競合する団体や委員会の内部に存在し、徐々に成長して、傍から見ても楽しめる花を咲かせるまでになっていた。運動は分裂し、功名心の強い者は名声を一身に集めようとしゃかりきになり、自分の名において回心することを受け入れない酒飲みを口をきわめて罵った。私心のない気高い協力者は必要不可欠のはずなのに、そういう人たちも悪の片棒をかつがされる羽目になり、やがては親密な間柄の人たちまでもが、こういう理想的なレッテルが貼られているところでも人間の汚らわしい部分がどれほどひどいものかを目の当たりにすることになった。そんな喜劇の顛末《てんまつ》はすべて第三者から何かの話のおりに聞かされたのだが、私はひそかに満足感を覚え、その後は、さんざん飲んで夜なかに帰るときなど、どうだい、がさつかもしれんが、俺たちのほうがまともな人間だろう、と思ったりしたものだ。

ライン川を眼下に見おろす小さな部屋でも私はあいかわらず研究に没頭し、あれこれ思い悩んでいた。どうにもやるせなかったのは、毎日が私をかすめるように過ぎていき、私を攫《さら》っていくような強い流れも起こらなければ、私を熱くして夢見心地の状態から抜け出させてくれる激情や関心も湧いてこないことだった。たしかに、日々欠かせないことのほかに、初期のフランチェスコ会修道士の生涯を描くことになる作品の準備にはかかっていた。だが、それは創作ではない。あくまでも取るに足らない資料の寄せ集めでしかなく、自分が心から欲しているものへと駆り立てる力にはならなかった。そこで思い立ったのが、チューリヒやベルリン、パリを思い出しながら、現代人が何を願い、何に情熱を傾け、何を理想と考えているのかを明らかにしてみることだった。これまでの家具や壁紙、服装を廃して、今以上に自由で美しい環境を提供することに取り組んでいる人がいる。あるいはヘッケル[33]の一元論を一般に広めようと執筆や講演にいそしんでいる人がいる。ほかにも、永遠の世界平和を実現することこそ追求に値すると考えている人たちがいる。さらには、飢えに悩む下層階級の人たちのために闘ったり、劇場や博物館を造って誰もが利用できるよう説得してまわったり、展示品の収集に当たっている人がいる。そして、ここバーゼルではアルコール撲滅運動が展開された。

日々の生活や衝動や運動はすべてこうした努力のなかにあった。だが、そのうちのどれ一つとして私には重要でもなければ不可欠でもなかった。そういう目標が今日す

33　エルンスト・ハインリヒ・ヘッケルはドイツの動物学者。イェーナ大学動物学教授。ダーウィンの進化論を支持し、「個体発生は系統発生の短縮された、かつ急速な反復である」とする「生物発生の根本法則」を唱えた。ヘッケルの哲学的立場は一般には唯物論的一元論であるとされる。

べて達成されていたとしても、それによって私の心が動いたり私の人生が変わっていたりということはなかっただろう。何の希望も持てないまま椅子に沈みこむと、本や新聞を押しのけ、またくよくよと考えこんだ。すると、窓の外を流れるライン川の水音が聞こえてきた。吹き抜ける風のうなりも。そして、気づいたときには、ところかまわず待ちかまえて話しかけてくるあの憂鬱とあこがれの声に耳を傾けていた。見上げると、色あせた夜の雲がおびえた小鳥のように大きく羽ばたきながら空を渡って行く。ライン川の水音が心なしか大きくなった。母の死を、聖フランチェスコを、雪山のなかの故郷を、溺れ死んだリヒャルトを想った。レージ・ギルタナーのためにアルプスシャクナゲを折り取ろうと岩壁をよじ登る自分が見えた。チューリヒで本と音楽と会話に興奮している自分が見えた。アグリエッティと一緒に夜の湖上を行くのが見えた。リヒャルトの死に絶望し、旅に出、戻って来て、快復し、再びみじめになっている自分が見えた。だが、それが何だというのだ。何になるというのだ。ああ神よ、そのすべてはただの遊び、ただの偶然、ただの幻覚でしかなかったのか。私は高邁《こうまい》な精神を、友情を、美や真実や愛を求めて奮闘し、欲することの苦しみを舐《な》めたのではなかったのか。私のなかではあこがれと愛の重苦しい波が絶えず湧き起こっていたのではなかったのか。だが、すべては何にもならず、私にとって責め苦となっただけで、誰の喜びにもならなかったのか。

こうなるともう飲み屋へ行かずにはいられなくなる。ランプを吹き消し、手探りで古い急な螺旋《らせん》階段を降り、ヴァルテッリーナが飲めるワインホールかヴォー州ワイン専門の酒場に顔を出す。そこでは上客として敬意をもって迎えられる。ふだんから強情を張ったり、がさつな振る舞いに及ぶようなことがあってもだ。「ジンプリツィスムス」は読むたびに腹立たしくなるのはわかっているのだが、それでもその雑誌を手に取って眺めながらワインを飲み、慰めが得られるまで待つことになる。しばらくすると、あの甘い言葉で誘惑する神が女性のような柔らかい手で私に触れてくる。その感触に体は心地よい疲れを覚え、道に迷った魂は導かれるがままに美しい夢の国へと入って行くのだった。

一時期、私は、自分でも不思議に思いながらも、他人を邪険に扱い、怒鳴りつけてはおもしろがっていたことがある。よく通っていた飲み屋では、ウェイトレスから四六時中文句ばかり言っている口うるさい不作法者として恐れられ、呪わしく思われていた。ほかの客との会話に入ると、ついつい相手を見下すような態度になり、言葉づかいも荒っぽくなった。もっとも向こうも似たようなものだ。それでも、飲み屋仲間は何人か見つかった。みんなもうけっこうな年齢《とし》で、救いようのない「罪人」ばかりだが、夜明けまで一緒に飲んだりして、それなりに満足のいく関係は保っていた。そのなかに一人、無頼漢を気取った年かさの男がいた。職業は図案家らしいが、女ぎらいで、下品で、飲んべえぶりは第一級の折り紙つきだ。夜になってどこかの飲み屋で一緒になると、決まって浴びるほど飲むことになる。初めはよもやま話や冗談を交わしながら小瓶の赤を空けていくのだが、そのうちにだんだんと会話は寝入って、ひたすら飲むだけになる。二人とも無言で向かい合ったままブリサーゴ産の葉巻をふかし、自分の瓶を空にしていく。飲んでいるときはお互い一歩も引かない。一方の瓶が空になれば、すぐさまもう一方も負けじと空にして、同時になみなみと注ぎ足してもらう。そして、そのたびに、ざまあ見ろというのとなかなかやるじゃないかという視線が行き交うことになる。新酒が出まわる晩秋にこの年かさの小男と連れだってマルクグレーフラーのワイン産地を訪ねたことがある。キルヒェンのヒルシェンというレストランに入ったとき、彼が自分の人生を語ってくれた。なかなか興味深いもので、相当に変わっているなと思ったという記憶はあるが、残念ながら肝心の中身はほとんど忘れてしまった。ただ、ある酒の席でのエピソードだけは今でも覚えている。たしか、その当時から数えてそんなに何年もさかのぼるような話ではなかった。どこかの田舎の村の祭りでのことで、ゲストとしてお偉方と同じテーブルに座った彼は神父や村長にせっせと酒を勧め、早々に二人を酔いつぶしてしまったのだ。だが、神父にはまだスピーチという仕事が残っている。何人かでどうにか演壇まで引っぱって行ったものの、呂律《ろれつ》がまわらず、とても聞けたものではなかった。仕方なく壇上から降りてもらい、村長に後を託したが、その村長のスピーチも支離滅裂で、おまけに急に動いたせいで気分が悪くなり、自分の話を無粋きわまりないやり方で終えることになってしまった。

こういった話は、ほかのものも含めて後であらためて話してもらいたいと思っていたのだが、射撃祭の夕べに大げんかしたため、それっきりになってしまった。髭をつかみ合うようなことまでやらかし、お互いかんかんになって別れたのだ。その後も飲み屋で鉢合わせすることは何度かあったものの、もう敵どうしだから、同じテーブルに座ることは決してなかった。とはいえ、昔の習慣だけはそのまま残っていて、無言で相手の様子を窺いながら、同じテンポで飲み、ともに最後の客となって閉店だからと追い出されるまでずっと居すわっていた。仲直りはとうとうしなかった。

どうしてこんなに悲しく、生きていくことが下手なのか、その原因をいくら考えても答えは得られず、いつも疲労感ばかり覚えていた。やりとげたという達成感をいだいたことはついぞなく、常に暗い衝動に突き動かされていて、考えることと言えば、何か深みのある素晴らしいものを創り、なかなか思いどおりにはなってくれないこの人生からせめて一にぎりの幸福でもいいからもぎ取ってみたい、そういうことが叶うときがいつかは自分にも来るはずだ――そんなことばかりだった。だが、そんなときというのはほんとうに来るのだろうか？　みずからに芸術的な刺激を加え、ぴりぴりしながら己の仕事へ立ち向かっている現代の芸術家たちがいるというのに、自分はと言えば、強い力をありあまるほど持ちながら、それを使いきれずに放置したままにしている。そう思うと苦々しくなった。そして、またくよくよと思い悩むことになる。いったい何が邪魔しているのか。どんなデーモンが巣くっているのか。このはちきれんばかりの頑強な肉体のなかで魂を動けなくし息苦しくさせているものの正体は何なのか。とはいえ、その一方で、自分はなぜか貧乏くじを引いてしまう独特な人間で、そんなやつの苦悩など誰にもわかるはずもなければ理解もできず、分かち合えもしないとする奇妙な考えも私の頭のなかにはあった。憂鬱に襲われると病気になるだけでなく、思い込みが激しくなり、近視眼的に、いや尊大にすらなるというのは、憂鬱の悪魔的なところだ。自分のことを、世界の苦痛と謎を肩に背負ったあの悪趣味なハイネのアトラス[34]のように思ってしまうのだ。同じ苦悩を堪え忍び、同じ迷宮のなかでさまよい歩いている者はほかにいくらでもいるというのに、そういうことからは目をそむけてしまうのだ。また、故郷から遠く離れ孤立して暮らしていることもあって、自分の性質や特異性の大半が私自身のものであるというよりはむしろカーメンツィント一族に代々受け継がれてきた善悪両面の反映であるということも、私の意識から消え失せていた。

あの社交場のようになっている学者の家へは数週間おきに顔を出していた。そこに集まって交流している人たちと少しずつ知り合うようにもなった。大学出の若い人た

34 アトラスは、ドイツでゲーテと並び称される詩人ハイネによる詩。「アトラス」という名は、ギリシア神話に登場する英雄で、大神ゼウスに逆らった罰として、永遠にこの地球を両肩で支えるよう命ぜられた巨人。

ちがほとんどで、ドイツ人も多かった。出身学部はさまざまで、ほかに画家や音楽家も何人かいた。ブルジョアとおぼしき人たちも妻や娘を連れて来ていた。みんな、私のことをたまにしか来ない客として迎え、挨拶の言葉をかけてくれる。だが、その人たちが毎週のようにやって来て顔を合わせていることを知って私は驚いてしまった。この人たちはいつも一緒にいて、いったい何を話し、何をやっているのだろう? 私には、ほとんどの人が社会的存在として同一のステレオタイプの型を持っており、多少なりとも互いに血縁関係にあるように見えてならなかった。そのもとになっているのは誰に対しても平等に接する社交的な精神なのだが、それこそは私に欠けていたものだった。優雅さを漂わせた著名人もたまにやって来た。この人たちの場合、社交にかまけて元気や活力をそっくり、あるいは部分的に失うようなことはなさそうだ。その一人ひとりとは話しはじめればいくらでも続けられたし、おもしろさもあった。だが、順々に相手を替え、一人につき一分間立ち止まり、女性たちには出まかせのお世辞を言い、一杯のお茶と二つの会話と一つのピアノ曲に同時に注意を向け、いかにも興奮し楽しんでいると見せかけるのは、私にはとてもできそうになかった。文学や芸術について語らなくてはならなくなると恐ろしくなった。この分野に関しては、ろくに考えもせず、嘘八百を並べながら、どうでもいいようなことばかり話されるのをいやというほど見ているからだ。つまりは自分も一緒になって嘘をついていたわけだが、そんな会話が楽しいはずもなく、無益なおしゃべりは私には退屈で品位をけがすものにしか見えなかった。それよりもはるかに楽しかったのは、たとえば女性がわが子のことを話すのに耳を傾けたり、自分から旅についてや日々のささやかな体験など現実に起こったことについて話したりすることだった。そういう機会に恵まれたときには相手と親密にもなれたし、時間も楽しく過ぎていった。が、たいがいは、そのような夜会の後にはワイン酒場に寄り、喉の渇きと腐臭を放つ退屈さをヴァルテッリーナで洗い流していた。

この社交的な集いに顔を出しているうちに、あの黒髪の娘とまた会った。いつものように大勢来ていて、音楽の演奏も手伝って大にぎわいだったので、私は絵画を綴じたファイルを手に取り、奥のランプのあるコーナーに腰をおろした。綴じられている絵はトスカーナの風景だが、どこにでもあるような俗受けを狙った絵ではない。ごく私的に描いたものばかりで、ほとんどがこの家の主人の友人や旅仲間からの贈りものだった。サン・クレメンテのもの寂しい谷に建つ小さな家のスケッチが目に留まった。

細い窓のある石造りの家で、見覚えがある。このあたりは何度も散歩していたからだ。フィエーゾレのすぐ近くだが、古代の文化遺産が残っているわけでもないので、旅行者が訪れるような場所ではない。寂寞としたなかにも妙に美しさを感じさせる谷で、乾ききった土地には住む人もほとんどなく、そびえ立つ禿げ山にはさまれ、世間から隔絶し、来る者を拒むような憂愁を漂わせていた。

娘がやって来て私の肩越しに覗きこんだ。

「カーメンツィントさん、どうしていつもそうやって一人で座ってるんですか？」

腹が立った。男連中に相手にしてもらえないので、俺のところに来たんだな、と私は思った。

「あら、答えてはいただけないのかしら？」

「すみません、お嬢さん。でも、どう答えればいいでしょう。こうしているほうが楽しいから、私は一人で座っているわけで」

「それじゃ、私はあなたの邪魔をしていることになるのかしら？」

「おかしな方ですね」

「それは、どうも。でも、おたがいさまでしょう」

そう言って娘は腰をおろした。私は手にしていた絵はそのまま指のあいだにしっかりはさんでいた。

「あなた、高地の出身なんですよね」と娘は言った。「私、あなたの口から、ぜひ一度、故郷のお話を聞きたいと思っていたんです。あなたの村にはカーメンツィントっていう姓しかないって兄が言ってました。それってほんとうですか?」

「まあ、ほぼ」私はつぶやくような声で言った。「でも、フュスリというパン屋もあります。それと、飲食店をやっている人はニデガーという名前です」

「じゃ、ほかにはカーメンツィントしかいないんですね！　その人たちって、みんな親戚なんですか?」

「まあ、そういうことになります」

私が手にしていたスケッチを差し出すと、娘はその絵をきちんと受け止めた。ああ、この娘はこういうものの扱い方を心得ているんだなと気づき、そのことを口にした。

「それって、私を褒めてくださってるんですよね」娘は笑った。「でも、学校の先生みたい」

「あなたもその絵を見てみたかったんじゃないんですか?」私はぶしつけに訊いた。

「そうでないんでしたら、元の場所に戻してきますが」

「ここに描いてあるのは何なんです？」

「サン・クレメンテです」

「どこですか、それ？」

「フィエーゾレの近く」

「あなたもそこに行ったことがあるんですか？」

「ええ、何度も」

「この谷って、実際はどんななんですか？　ここに描いてあるのはほんの一部ですよね」

私は記憶をたどった。素朴で、殺伐としたなかにも美しさを秘めた風景が視線の先に現れた。目を細め、その風景をしっかりととらえる。話しはじめるまで少し間があったが、娘が静かに待っていてくれたのがありがたかった。私が記憶をたどっているとわかっているのだ。

おもむろに口を開き、サン・クレメンテの描写を始めた。夏の昼下がり、燃え立つような熱気に干からびたようになって、ひっそりと黙しているさまは素晴らしかった。

すぐ近くのフィエーゾレには人びとの営みがあり、麦わら帽や籠《かご》を編む人がいれば土産《みやげ》ものやオレンジを売る人もいて、旅行者をだましたりせがんだりしている人もいる。ふもとのフィレンツェともなれば、古くからの生活と新しい生活とが渾然《こんぜん》一体となった活況に包まれている。だが、クレメンテはそんなものとは無縁だった。そこで仕事をしたことのある画家は一人もなく、ローマの建築物があるわけでもないその場所は歴史から取り残された貧しい谷でしかなかった。しかし、そこでは大地が太陽や雨と戦っている。斜めにゆがんだ松が懸命に生きながらえている。ひょろりと伸びた糸杉が梢《こずえ》の先で嵐の襲来を窺《うかが》っている。渇いた大地にかろうじて根を張って生きている身には激しい嵐に襲われたらひとたまりもないのだ。時おり近くの大農場からやって来た牛の荷車がわきを通りすぎて行く。農家の家族がフィエーゾレに向かって歩いて行く。どちらもたまたま通りがかったにすぎない。ましてや、ふだんは溌剌《はつらつ》として陽気そうに見える農家の女たちの赤いスカートはここではどうにも場違いなのだが、それでも、やっぱり一幅の絵には入れておきたい点景だ。

若いころ友人と一緒にそこを歩いて旅したときのことも私は話した。糸杉の根元に腰をおろし、痩せた幹に身をもたせたことを。そして、その不思議な谷に身を置くうちに、悲しくも美しい孤独感に包まれたようになり、いつしか故郷の山間の村に思いを馳《は》せていたことも。

二人ともしばらく無言だった。

「詩人なんですね」と娘が言った。

私は顔をしかめた。

「誤解しないでください」娘が続けた。「いろいろなものを書かれているから、そう言ったのではありません。自然を理解し、愛しているように聞こえたからです。木々のざわめきとか陽射しを受けて燃え立つ山があっても、ほかの人は何とも思いません。でも、あなたは、そこに命を感じ取り、そこで一緒になって生きています」

私は、「自然を理解できる」人などいない、いくら探し求め理解しようとしても謎が見つかるだけで悲しくなってしまうと答えた。陽射しを浴びて立っている木、風雨にさらされた石、動物、山――それぞれに命はある、それぞれが物語を持っている。生きて、苦しんで、抵抗して、楽しんで、死んでいく。だが、それを理解することは私たちにはできない。

私が話すのを娘はじっと静かに聞いている。それを嬉しく思いつつ、私は少しずつ相手を観察しはじめていた。私の顔にまっすぐに向けられたまなざしは、こちらが見返しても逸らされはしなかった。おだやかに一心に聞き入っているその顔は、集中しているせいで心なしか緊張しているようにも見える。ちょうど、子どもが夢中になって話を聞くときの顔に似ている。いや、むしろ、大人が聞き入っているうちに我を忘れ、知らぬまに子どもの目になったと言うべきか。そんなふうな観察を続けるうち、ふと娘の美しさに気づいた。思いがけない発見に、私の心は浮き立った。

私が話し終えても、娘は何も言わなかった。が、まもなく、はっとして飛び上がると、ランプの光に目をしばたたいた。

「お嬢さん、お名前は？」私はたいした考えもなく尋ねた。

「エリーザベトです」

行ってしまうと、すぐにピアノを弾くよう求められた。演奏は上手だった。が、歩き出してそちらに目をやったときには、そんなに美しくは見えなかった。

そのまま家に帰ろうと、見栄えのする古風な階段を降りて行くと、玄関でコートを着ている二人の画家の会話が聞こえてきた。

「そうね、今夜はリースベト相手にけっこう頑張ってたね」一人が言って、笑った。

「隅に置けないね！」もう一人が言った。「なかなかお目が高いじゃないか」もう猿どもの話の種にされていた。いや、待てよ、そもそも俺は何であんなよその娘に個人的な思い出や内面生活の一部まで明かしてしまったのだろう、そんなつもりは全然なかったのに。何でそんなことになってしまったのか。ましてや、そのことで変な噂まで立ちはじめている！　げすどもが！

その場から去ると、私はもう何カ月もその家に足を踏み入れなかった。たまたま路上でばったり逢ってそのことについて質《ただ》してきたのは、例の二人の画家のうちの一人だった。

「もうおいでにはならないんですか？」

「陰口は聞くに耐えませんから」と私は言った。

「そうですよね、女どもの陰口となるとね！」そう言って、相手は笑った。

「いいえ」と私は答えた、「私が言ってるのは男のほうです、特に画家連中のことです」

エリーザベトのことはここ数カ月間で、往来でごくたまにと、店先で一度と美術館で一度見かけただけだった。いつもながら可愛くはあったが、美しくはなかった。体つきが細すぎるため、その身のこなしには独特なものがある。それが装いの美しさにつながり、彼女を際立たせてもいるのだろう。しかし時にはその度が過ぎて不自然に見えることもあった。美術館で見た彼女は美しかった。ものすごく美しかった。彼女は私には気づいていなかった。私が観るのに疲れて、隅に座ってカタログをめくっていたからだ。彼女は私のすぐ近くで大きなセガンティーニ[35]の前に立ち、その絵に没頭していた。やせた牧草地で働く数人の農民の娘を描いたもので、後方にはシュトックホルン群峰[36]を思わせる鋸歯状《きょし》の険しい山々があり、その上方の冷たく明るい空には、天才の業としか言いようのない描き方の象牙色の雲がかかっている。中心に向かって巻きこむように丸められた球とでも言えばいいのか、その不思議な塊には一目見ただけで驚かされてしまう。たった今風にあおられて一つに丸まった雲が、ていねいにこねられてから、上空に放り上げられ、ゆっくり飛んで行こうとしているかのようだ。

35　セガンティーニは、イタリアの画家（一八五八〜一八九九）。アルプスの広大な自然と生活を描き続けた。他方、神秘的、退廃的な作品を残したことで、作風が世紀末芸術とされることもある。

36　シュトックホルン群は、切り立った険しい山々が連なるスイスの景勝地として知られる一帯。

どうやらエリーザベトはこの雲を理解しているようだ。我を忘れて見入っている。そして、ふだんは奥深く隠れている魂までもがその顔に現れていた。大きく瞠《みは》った目にはかすかな笑みが浮かび、薄い唇は子どものようにやわらかくなり、利発さの証《あかし》でもある眉間のきつい皺は今は影をひそめている。芸術作品の持つ美しさと真実が彼女の魂に働きかけ、みずからのありのままの美しさを包み隠さず引き出したのだ。

私は静かにそばに座ったまま、美しいセガンティーニの雲とそれを一心に見つめている美しい娘を観察していた。だが、彼女がこちらを向いて私を見つけ話しかけてきたら、せっかくの美しさが失われてしまうのではないかと心配になり、こっそり足早に美術館を後にした。

物言わぬ自然に対して感じていた喜びや自然そのものとの関係が変化しはじめたのはそのころからだった。街の周囲には素晴らしいところがたくさんあり、私は何度となくそこをさまよい歩いた。なかでも好きだったのがジュラ山脈にまで分け入って行くことだった。出歩くたびに森や山々、牧草地、果樹、茂みが何かを待っているような気がしてならなかった。もしかすると私を、いや少なくとも愛情を待っていたのかもしれない。

こんなふうにして私は周囲のものを愛するようになっていった。私のなかの渇きにも似た強い欲求が、まわりのものにひそむ美しさに歩み寄って行ったのだ。私のなかでも奥深い暗がりから生気とあこがれが勢いよく湧き出て、意識されることを、理解されることを、愛情を求めていた。

「自然はいいね、大好きだ」と言う人は多い。その意味するところは、そのつど差し出された魅力を楽しませてもらうのは嫌いではないということだ。人びとは戸外に繰り出し、大自然の美しさを見て喜び、牧草地を踏み荒らし、果ては花や枝をもぎ取ることまでやらかす。すぐに投げ捨てるか家に持ち帰ってもしなびるのを見るだけなのに。人びとの自然の愛し方とはそういうものだ。日曜日にきれいに晴れ上がった空を見てはそんな自然愛を思い出し、自分の優しい心根に感動するのだ。「人間は自然の王冠」なのだから、そんな必要は全然ないのに。おっと、そうだ、冠といえば！　何のことはない、私は前にもまして物事の深淵を覗きこむのに熱心になっていたのだ。木々の樹冠の下に立って風が鳴らすさまざまの音を聞き、渓谷を流れる急流の水音を聞き、平地を行くかすかな水の流れを聞いて、その音がどれも神の話し声であり、美しさの根源とも言えるほの暗い声を聞き分けることこそが楽園を再発見することだろうと思い当たったのだ。本を読んでもそんなことはわからない。わずかに聖書に神に造られしものの「言葉にならない呻《うめ》き」という素敵な言葉があるだけだ。しかし、いつの時代にも、私と同じようにこの理解の及ばないものに捉えられ、日々の仕事を離れ、静けさのなかに身を置いた人たちがいたと、私はおぼろげにも感じていた。世捨て人、改悛者、聖人と呼ばれた人たちで、彼らは神に造られしものが歌う歌に耳を澄ませ、雲が渡って行くのを眺め、尽きせぬあこがれをいだきつつ永遠なるものに崇拝の手を差しのべていた。

おまえはピサには、あの墓所《カンポサント》[37]には行ったことがないのか？ そこの壁に飾られた絵画は何世紀も経て色あせてしまったが、そのなかにテーバイの砂漠にいる世捨て人の生活を描いた絵がある。その素朴な絵からは、たとえ色があせようとも、至福の平和という魔力が今なお流れ出ている。一目見るなりおまえはそれに打たれ、落ちこんでしまうかもしれない。いや、そればかりか、おまえに罪やけがれをどこか俗世から遠く離れた聖なる場所で涙で洗い流し、二度と戻って来ないよう要求もする。だから芸術家はみんな、そんな故郷への思いを至福の絵のなかに表現しようと試みたのだ。ルートヴィヒ・リヒター[38]の愛らしい子どもの肖像画だって、ピサのフレスコ画と同じ歌をおまえに歌ってくるではないか。目の前にある形を持ったものを好んだティツィアーノ[39]が、あんなに具体的でわかりやすい絵に時どき甘ったるい青を含ませた遠景を与えたのはなぜだ？　それは深みのある暖かい青をさっと刷いただけのものだが、それが遠い山々を、あるいは果てしない空間を表現しようとしたものかどうかなど誰も見はしない。リアリストであるティツィアーノは自分でもわかっていなかった。彼は、美術史家が説明をつけたがるような色の調和という理由からそうしたわけではない。むしろ、それは、この楽しく幸せに生きていた人の魂にも潜んでいた癒やしがたいものに対する彼なりの配慮、敬意だったのだ。いつの時代の芸術もそんなふうにして私

37　イタリアのピサ（現・世界遺産）の大聖堂裏にある、墓所。回廊が付いていて、その壁には十四世紀のフレスコ画が描かれていたが、第二次世界大戦の空襲でほぼ消失した。

38　ルートヴィヒ・リヒターは、ドイツの画家・版画家（一八〇三～一八八四）。自然と人間が調和する風景を描いていたが、後に民話集や児童書などのために木版画も製作した。

39　ティツィアーノは、イタリアの画家（?～一五七六）。ジョルジョーネとともに盛期ルネサンス、ベネチア派を代表する。輝くような色彩の世界を確立し、女性裸体画や肖像画で知られた。

たちのなかにある神性の無言の要求に言葉を賦与することに努めてきた——そう私は思っていた。

そのなかでも聖フランチェスコが発した言葉はほかの誰よりも成熟し、美しく、それでいてはるかに子どものようだった。私がようやく彼を完全に理解できるようになったのはこのころだ。みずからの神への愛に大自然を、植物を、星辰を、動物を、風を、水を含めることで、彼は中世を、そしてダンテさえも飛び越えて、時代を超越する人間らしい言葉を見つけ出した。自然のすべての力と現象をわが愛しき兄弟、わが愛しき姉妹と呼んだのだ。後年、医師団から額を灼熱の鉄で焼くようにと申し渡されると、拷問を受けて重病人となる不安にさいなまれながらも、彼はその恐るべき灼熱の鉄に向かい、「わが愛しき兄弟たる炎よ」と呼びかけたのだった。

では、ひるがえって、私はどうだったか。自然を一つの人格として愛し、よその言葉をしゃべる旅仲間の話に聞き入るように自然に耳を傾けはじめたことで、憂鬱そのものは癒えはしないまでも、気高くなり純化された。耳と目が鋭くなり、微妙な共鳴や差違を把握できるようになった。すると、生きとし生けるものの鼓動をもっと身近にはっきりと聞き取れるようになりたくてたまらなくなった。もしかするといつかはそれが理解できるようになるのではないか、もしかするといつかはその神からの贈りものに自分も与《あずか》れるようになるのではないか、そうなったら、ぜひとも、生きとし生けるものを詩人の言葉で表現してあげたい、そうすればほかの者も親しみを持つようになり、子どもらしさのみなもとを訪ねて理解を深め、心が洗われたり気分を一新したりできるようになるはずだ。さしあたり、それは願望であり、夢だった――私には、それがいつかは叶うものなのかどうかはわからなかった。とりあえずは手近なものから始めることにした。目に見えるものすべてに愛情を注ぎ、どうでもいいとか軽蔑的な目で見ることをいっさいやめ、それを習慣づけるのだ。

こうすることで、すっかり暗くなっていた人生がどれだけ新しくなり、慰められたことか！　言葉によらず、また激情にも左右されない不断の愛情以上に気高く幸せにするものはこの世にない。だから私は、私の書いたものを読んでくれる者のなかから数人でも、あるいは二人とか一人だけでも、読んだことをきっかけにこの純粋で至福なわざを学んでみようと思い立つ人が出てくれればと心から願う。生まれながらそれが身についていて、生涯にわたってそれを無意識に実践している人もいる。神の大好きな善良な人と子どもたちだ。また、重い苦悩を負いながらそれを習得した人もいる――あなたがたは障碍《しょうがい》や貧困に苦しむ人のなかに、他を圧倒するような静かに輝く目をした人を見たことはないだろうか？　私の言葉を、この貧しい言葉を聞く気がないのであれば、どうか、無欲の愛情で苦悩を克服してみせた輝かしい人たちのところへ行っていただきたい。

こうしたけなげに耐え忍ぶ人たちに尊敬の念をいだき、そこに完璧さを見てはいたものの、情けないことに、私自身はその完璧さからは今なお遠い位置に立っている。しかし、今に至るまで、そこに通じる道を知っているという慰めにも似た思いを失ったことはほとんどない。

ならば、その気になればいつでもその道を行けたのかとなると、そうとも言いきれない。途中にあるベンチにはことごとく腰をおろしたし、悪の道に踏み迷うことも辞さなかったからだ。私のなかには利己的で頑なな傾向が二つあり、それが真の愛情と闘っていた。大酒飲みであることと、人怖じすることだ。ワインの量はかなり減らしたものの、数週間おきにご機嫌取りの神がやって来て、どうだい一緒にと、私を説得するのだ。もっとも、道ばたに寝ころんでそのまま朝を迎えるといったようなことは、その後はほとんどなくなった。ワインのほうも私のことを気に入って、友好的な対話を維持できる程度にまでしか誘わなくなったからだ。それでも、飲めば必ず心のやましさはついてまわる。それは何年経とうが変わらなかった。だが、どうしてもワインに対する愛情は捨て去るに至らなかった。この強い愛着は父から受け継いだものなのだ。私は長い年月をかけ、この親からもらったものを手塩にかけて育て上げ、完全に自分のものにした。要するに、自分のやむにやまれぬ衝動と良心とのあいだで冗談半分の契約を結び、それをいざというときの口実にしたのだ。アッシジの聖人のひそみにならい、「わが愛しき兄弟たるワインよ」と口ずさむことで。

6

始末に困ったのはもう一つの悪癖のほうだった。私は人間に対してあまり喜びを持てず、世捨て人のような暮らしをし、人が関わる物事に対しては常にあざけりと軽蔑をもって臨んでいた。

新しい生活を始めるにあたり、その点に関してはまったく思いが及んでいなかった。人間のことは互いの好きなようにさせ、身を捧げたり優しさや思いやりを向ける相手は物言わぬ自然の命だけでいいと見ていた。当初はとにかくそんなことしか頭になかった。

夜、ベッドに入ろうとすると、ふと小高い丘のふもとの森が頭に思い浮かび、そこからぽつんと離れて立つ一本の木のことが気になりだす。しばらく、その木のところには行っていない。たぶん、それは今、夜風に吹かれて、うとうとし、夢を見て、うめき、小枝をざわつかせている。ほんとうのところはどうなのだろう。私は家を出て、その木を訪ね、暗闇のなかにおぼろに立っているのを見、自分でも驚くほどの優しいまなざしをその木に向ける。そして私の胸にほのかに結ばれた像をたずさえ帰って来る。

笑いたければ笑うがいい。そんな愛情は邪道だと言う人もいるかもしれない。だが、私はむだだったとは思わない。とはいえ、ここから人間への愛情に通じる道はどうやって見つければいいのだろう?

いったん始まってしまえば、最善のことはひとりでに後からやって来る。大きな作品を創るという考えはいちだんと現実味を増して私の目の前に浮かんでいる。だが、こうした愛情を持ちつづけることでいつの日か詩人として森や川の言葉を語るところまで行き着けたとしても、それはいったい誰のためになされることになるのだろう?私の好きなもののためだけであってはならない。それはやはり、私が愛情の導き手や教え手でありたいと思うような人たちのためでなくてはならない。なのに、そういう人たちに対する私の態度は荒っぽかったり嘲笑を浴びせたりで、愛情のかけらもない。よそ者であることのつらさと闘いながら、同時に他人に兄弟のような親密さを示すということが求められるのだろうが、それは私にとっては内的矛盾でしかない。そして、それが難しかったのは、独りでいることが多かったり、さまざまな巡りあわせのせいで、ことこの点に関してはもうどうしようもないほどにひどくなっていたからだ。故郷の飲み屋で人につらく当たるのは控えようと思った程度のことでは不充分なのだ。旅の途次で出逢った人に愛想よくうなずきかけるくらいでは足りないのだ。ちなみに、私はどれだけ人びととの関係をまずいものにしていたかは自分でもわかっていた。こちらがよかれと思ってやることがすべて不信の目で冷たく迎えられたり、あざけりと受け取られたりしていたからだ。なかでもまずかったのは、あの学者の家を、私の唯一の人との交わりの場をほぼ一年にわたって避けていたことだ。ここはまず、そこのドアを再びノックし、この地ならではの人づきあいへの道を探さなくてはならない。

そこで私の大きな助けとなったのは、ほかならぬ私自身の、あざけられて当然とも言えそうな人間性だった。あの家のことを考えるやいなや、たちまちセガンティーニの雲の前にいたときの美しいエリーザベトの姿が頭に浮かんできた。そして、ふっと、自分のあこがれや憂鬱に彼女がどれほど関与しているかにも気づいた。さらには、女の人と一緒になりたい、本気で結婚したいという気持ちが初めて私のなかに生まれた。それまで結婚生活など自分にはとうてい無理だとかたく信じこみ、俺は詩人で、さすらい者で、飲んべえで、独り者なんだと、これ見よがしに開きなおっていたのに。そのとき私は自分の運命が見えたと思った。それは私に恋愛結婚の可能性を開き、人間世界につながる橋を架けてくれようとしているのだと思った。これほど人の気をそそるものはない。しかも、これならうまくいきそうだ！　エリーザベトは私に関心を寄せていた。それは肌で感じたし、この目で見てもいる。それに、彼女は感受性豊かで気高い資質の持ち主だ。サン・クレメンテについて話して聞かせたときやセガンティーニを前にしたときの生き生きとした美しさが目に浮かんだ。私はもう何年も前から内なる財産を芸術と自然から豊富に集めている。彼女ならきっと、そんな私の内部のあちこちでまどろんでいる美を見ることを学んでくれるはずだ。そして、私は彼女のまわりを美と真実とでいっぱいにし、彼女の顔、彼女の魂が濁りを忘れ、澄みきった状態でその能力を大きく花開かせることができるようにしてあげるのだ。われながら不思議だったのは、自分でこの突然の変貌ぶりをまったくおかしいとは感じていなかったことだ。私という孤独な変わり者は一夜にして、結婚生活の幸福や世帯道具を夢見る、女にぞっこんの優男《やさおとこ》になっていた。

さっそくあの社交場となっている家に出かけて行った。軽く嫌みを言われたくらいで、みんな快く迎えてくれた。続けざまに何度か通ったところで、エリーザベトと再会した。やっぱり、彼女は美しかった！　自分の恋人として思い描いていたとおりに美しく幸せそうに見えた。そんな美しい彼女がすぐ近くにいて楽しそうにしている。私は大いに満足し、その姿を一時間ずっと見つめていた。彼女のほうから声をかけてくれた。心のこもった言葉で、親しい者どうしでなければ交わさないような挨拶だった。それが私には嬉しかった。

あなたがたはまだ、湖でボートに乗った夕べのことを、赤いぼんぼりが灯り、音楽が鳴るなか、芽生えたばかりで摘み取られてしまった私の愛の告白の夕べのことを覚えているだろうか？　それは恋に落ちた少年の悲しくも滑稽な物語だった。だが、もっと滑稽なのは、そしてもっと悲しいのは、ペーター・カーメンツィントという、女に惚れた男の物語だ。

会話を続けるうち、エリーザベトから最近婚約したと知らされた。私はおめでとうと言った。彼女を迎えに来た婚約者とも知り合いになり、その男にもおめでとうと言った。その晩、私の顔にはずっと懸命にとりつくろった笑みが浮いていた。仮面でもかぶっているような重さだった。その後は、森にも飲み屋にも行かず、ベッドに座り、ランプを眺めていた。ランプの芯が悪臭を発して消えた。はっとして我に返り、愕然とした。再び苦痛と絶望が黒い翼を広げて私におおいかぶさってきた。あえなく打ち負かされた私は小さく身を丸め、力なくベッドに横になった。そして、少年のように泣きじゃくった。

その後リュックサックに荷物を詰めこみ、朝になるのを待って鉄道の駅に向かい、故郷の家へ旅立った。またゼンアルプシュトックに登り、幼年時代に思いを馳せ、父が生きているのをこの目で確かめたくてたまらなくなったのだ。

父とは疎遠になっていた。父はすっかり頭が白くなり、背中も曲がりぎみで、少し貧相に見えた。私のことはやさしく、はにかみすら感じさせるような態度で迎えてくれた。何か訊くこともなく、自分のベッドを私に譲ろうとし、急に息子がやって来て喜んでいるというよりは戸惑っているように見えた。家はまだそのままだったが、牧草地と家畜は売ってしまい、わずかばかりの地代をもらいながら、たまに軽い請け負い仕事をこなしたりしていた。

父が出かけ、一人にされると、私は以前母のベッドがあったところへ行った。過去がおだやかな大河の流れとなって私の前を通りすぎて行く。自分はもう若者ではなくなっている。歳月はどんどん先へ進んで行く。いずれは私も背中の曲がった白髪の小男になり、苦しい死の床に就くことになるのだろう。ほとんど変わらない古ぼけたみすぼらしい部屋、そこは私が幼いときにいたところ、私がラテン語を習い、母の死を看取ったところ、そんなことを思うと、おのずと安らぎが私のうちに広がった。豊かだった青春時代が思い出され、感謝の念が湧いてくる。ロレンツォ・メディチの詩行が思い浮かんだ。フィレンツェで覚えたものだ。

げにうるわしきは春なれど
去りゆく足のはやければ
さあさ、ほがらに楽しまん
世に定かなる明日はなきとて

それを思い浮かべながら不思議な気持ちになった。イタリアの思い出だけでなく、歴史の知識、広大な精神世界の記憶までがこの古い故郷の部屋へ運ばれて来ているのだ。

その後、父にいくらかのお金を渡した。日が落ちてから二人で飲み屋へ出かけて行った。すべては当時のままだったが、ワインの代金を払うのは私になったし、父が星形ワインやシャンパンのことを話題にしたときはいちいち私に確認を求めるようになった。また、酒も私のほうがはるかに強くなっていた。あのときワインを禿げ頭にかけてやった白髪の農民の小男のことを訊いてみた。ひょうきん者で悪知恵の天才だったが、もうとうの昔に死んでしまい、その茶番の数々にはぺんぺん草が生えはじめていた。私はヴォー州ワインを飲み、周囲の会話に耳を傾け、少しばかり自分のことをしゃべった。それから、月明かりのなか二人で家路についた。途中、上機嫌の父は身振り手振りをまじえながら話しつづけた。それを聞いているうちに、私は今までになく妙な気分に陥っていた。次々と昔の思い出が私を取り囲むようによみがえってきた。おじのコンラート、レージ・ギルタナー、母、リヒャルト、アグリエッティ。それを私はきれいな絵本でも開いたように見つめていた。ほんとうはその半分もきれいではないのに、こうして絵本になると、どれもなんて美しくよく出来ているのかと思ってしまう。そのすべては私の前を音を立てて通りすぎ、過去のものとなり、ほとんど忘れ去られたはずだった。だが、やはり今もはっきりと私のなかに刻まれて残っている。私の意志とは関係なく、記憶によって保存された半生だ。

家に帰り着き、話し疲れた父が寝入ってしまうと、私はまたエリーザベトのことを考えた。昨日はまだ私に挨拶をしてくれていた。私は美しい彼女をほれぼれと見つめ、婚約者におめでとうとも言っていた。それからもう長い時間が経ったような気がする。だが、苦痛は目をさまし、次々と押し寄せてきた思い出と混じり合い、今にも倒れそうな山小屋に襲いかかるフェーンのようにこの身勝手な悪しき心を揺すぶった。家のなかでそれに耐えることはできなかった。私は低い窓を乗り越え、庭を抜けて湖まで行くと、荒れるにまかせた小舟のもやいを解き、夜の湖面へそうっと漕ぎ出した。うっすらと銀色のもやがかかった山々はおごそかに押し黙っている。満月に近い月が青みを帯びた夜の闇に浮かび、今にもシュヴァルツェンシュトック[40]の頂きに達しようとしていた。あたりは静まりかえっている。遠く、かすかに聞こえるのは、ゼンアルプシュトックの滝の音だ。故郷の精霊と青春時代の亡霊とが舞い降りて来て、その青白い翼の先が私に触れた。私の小舟にひしめき、両手を差し出し、痛々しく不可解な身振りで懇願するように指摘する。

いったい、おまえの人生の意味は何だったのか。これまで経てきた喜びと苦痛は何のためだったのか。何のために真なるもの、美しいものを渇望していたのか――いまだに欲しがってばかりの者のままではないか。何のために強情を張って女性の愛を求め、結局は涙にかきくれて痛い思いをしてきたのか――今また恋に破れ、恥辱と涙にまみれながらうなだれているではないか。何のために神は愛を求めて燃える郷愁をおまえの心に植えつけたのか――神はおまえにあまり人から愛されない孤独な人生を定めていたのではなかったか。

舳先《へさき》で水がぶくぶくと音を立てている。オールから銀色のしずくがしたたり落ちた。間近に迫る周囲の山々は押し黙ったままだ。冷たい月明かりは今は峡谷にかかる霧を照らしている。青春時代の亡霊は私のまわりに無言で立ち、もの問いたげに深みのあるまなざしをそっと私に向けてきた。と、そのなかに美しいエリーザベトの姿も見えたような気がした。そして、ほんとうは彼女は私を愛していて、私が時をたがえさえしなければ、彼女は私のものとなっていたのかもしれないとも思った。

40　シュヴァルツェンシュトックとは、ドイツ語で「黒く（原文 Schwarzwald）そびえる山」といった意味。

同時に、このまま暗い水のなかに沈み、誰にも捜されなかったら、それがいちばんいいようにも思えた。だが、次の瞬間、乗っていたおんぼろ舟に水がしみこんでいるのに気づくや、私は大急ぎで漕ぎだしていた。体が冷えきっている。家に着くなり、ベッドにもぐりこんだ。疲れてはいるものの、目は冴えている。これからどう生きればいいのか考えた。もっと幸せでまっとうな生活をし、生きることの核心に迫るには、自分には何が欠けているのか、何が必要なのか見つけ出そうとした。

善意や喜びにとって核となるのが愛情だということは私にはわかっていた。エリーザベトのことで新たな痛みを抱えたにもかかわらず、本気で人間を愛することを始めなくてはならないこともわかっていた。でも、どうやって？　誰を？

そのとき思いついたのは老いた父だった。そして、自分が父をまともに愛したことがなかったことにも初めて気づいた。少年のときはさんざん迷惑をかけた。その後は家を出て、母の死後も父を一人にしておいた。父のことではしばしば腹を立て、しまいには思い出すこともほとんどなくなっていた。父が死の床につき、それを一人で看取っている自分の姿が思い浮かんだ。一度も愛情のことなど気にかけたことのない父の魂がよそよそしいまま消えようとしていた。

こうして、私は難しくも甘いわざを、ほれぼれとする美しい恋人からではなく、白髪頭のがさつな飲んべえから教わることにしたのだった。荒っぽい受け答えはせず、できるかぎり関わりを持ち、暦物語を読んで聞かせ、フランスやイタリアでよく飲まれているワインについて話した。ただ、父から仕事を取り上げることはしなかった。そんなことをしたら、とたんにだらしなくなってしまうからだ。また、飲み屋に行かずに、私と一緒に晩酌をするよう仕向けてみたが、それもうまくはいかなかった。二晩三晩、試してはみた。ワインと葉巻をテーブルに置き、それで時間をつぶさせようとしたのだ。四、五日もすると父がむすっと黙りこんでいるので、何か足りないものでもあるのかと訊くと、不服げにこう言ったものだ。「思うに、おまえは父親を飲み屋へ行かせまいという魂胆なんだな」

「そんなことないよ」と私は言った。「もういい年をした親子じゃないか。引き留められてるなんて思わないで、父さんの好きにすればいい」

父は窺うような目で私を見つめてから、わかったとばかりに帽子に手をかけた。そして、二人連れだって飲み屋へ出かけて行った。

口にこそ出さなかったが、これ以上長くいても父には迷惑なだけというのがありありと見て取れた。私としても、どこかよその土地へ行って、この内部分裂の状態を沈静化させたいという思いが日増しに強くなっていた。「もう少ししたらまた旅に出ようかと思ってるんだけど、父さんはどう思う?」と私は訊いてみた。父は頭をかき、薄くなった肩をすぼめ、待っていたとばかりにこずるい笑みを浮かべた。「うーん、まあ、おまえの好きにすればいいさ」旅立つ前になって、私は近所の家や修道院を訪ね、父のことをよろしくお願いしますと頼んでまわった。また、天気のよい日を選んでゼンアルプシュトックにも登った。半円形の広い山頂から山なみや緑の谷、きらきら光る水の流れ、遠く靄《もや》にかすんだ街を見わたした。これらを見て子ども心に強い欲求を覚え、この美しく広い世界を征服してやろうと出て行ったのだ。そして今またそれは、かつてと同じように美しく、よそよそしく私の前に広がっている。すでに準備はできている。もう一度向こうへ行き、幸福の地を探すのだ。

自分の研究のためにいつかはアッシジに長期間滞在してみたいという気持ちはずっと以前から持っていた。とりあえずバーゼルに引き返し、最低限必要なものをそろえてから、身の回り品を荷造りし、ペルージャに向けて発送した。私自身は乗りもので行くのはフィレンツェまでにして、そこからはのんびりと徒歩で南に下った。南の地では人びとと付き合うのに策を講ずる必要はいっさいなかった。ここの人たちの生活には裏表がなく、実にシンプルで自由で素朴なので、どの街へ行っても誰とでもすぐに友だちになれた。私はこの地ですっかり生まれ変わったような気になり、バーゼルに戻っても人間的な暖かみを探し求めるのは社交界ではなく、質素な人たちにしようと決心した。

ペルージャとアッシジで私の歴史の仕事は関心と生気を取り戻した。毎日そこにいること自体が喜びだったので、傷心も癒えて元気になり、生きることへの新しい仮橋がどんどん出来上がっていった。アッシジの下宿先のおかみさんは話し好きで信心深い八百屋だった。聖人について何度か会話を交わすうちに――話しているあいだはカトリックのにおいがあたりに芬々《ふんぷん》と立ちこめることになる――友情にも似た親密さで結ばれるようになったのだ。そして、そのことは私には思いもよらない栄誉となった。というのも、ふつうならよそ者はそれだけで異教徒という目で見られてしまうのだが、私の場合はおかみさんのおかげでそんなふうに見られることもなく、まわりの人と親しく付き合うことができたからだ。おかみさんの名はアヌンツィアータ・ナルディーニといい、三十四歳。夫に先立たれ、今は独り暮らしをしていた。恰幅がよく、礼儀正しい人だった。日曜日には花柄のはでな衣装に身を包み、「歩く祝日」に変身した。イヤリングのほかに小さなメダルをいくつもつなげた金のネックレスもしていたので、歩くたびにそのメダルがかちゃかちゃ鳴り、きらきらと輝いた。ほかに、聖務日課書とロザリオも持って行く。聖務日課書は銀の金具を打ちつけた重たいもので、使い勝手がいいとはとうてい言えない代物だ。それにくらべれば、銀の鎖のついた白黒のきれいなロザリオを扱う手つきは実に器用なものだった。小型柱廊《ロジェッタ》内の側廊のあいだに座り、隣の女性たちに欠席した友人の罪を数え上げていく彼女の丸々とした信心深い顔には、魂が神と和解したときの感動的な表情が現れていた。

　私の名前は土地の人には発音しづらかったので、単にシニョール・ピエトロと呼んでもらっていた。金色に染まる美しい夕暮れどきになると、近所の人や子どもたちや猫が小さなロジェッタに集まってきた。果物や野菜の籠や種の入った箱が所狭しと並び、燻製《くんせい》ソーセージがぶら下がる八百屋の店に集まることもある。みんなで体験談を披露したり、収穫の見通しを話し合ったり、葉巻を回しのみしたり、メロンにかぶりついたりする。私は聖フランチェスコのこと、その聖人の教会とポルツィウンクラ[41]という礼拝堂の歴史、聖キアラ[42]のこと、最初の修道士のことを話した。みんな真剣に聞き入り、いっぱい質問し、聖人を褒め称えた。それからは、最近のセンセーショナルな出来事へと話題が移って行った。特に人気があったのは盗賊の話や政治的な私闘だった。話をしているときでも、猫や子どもや小犬はふざけたりじゃれ合ったりしていた。自分が好きだからということのほかに、せっかくの評判を落とすようなことはしたくなかったので、伝説のなかに宗教心の高揚につながる感動的な物語はないかと探しまわった。幸い、持参した本のなかにゴットフリート・アルノルト[43]の「祖先および信心深い人たちの生涯」が入っていた。その純朴なエピソードを自分で少しアレン

41 ポルツィウンクラとは、一二〇七年に聖フランチェスコが再建した聖堂。一二〇九年に修道会が創立されたときの礼拝堂。アッシジの南西一・六kmほどの距離にあり、もともと九世紀にベネディクト会により聖マリア様に捧げられて建てられたが使われていなかった。「ポルツィウンクラ」とは「小さな分け前」という意味。

42 聖キアラとは、イタリアの聖人。英語名はクレア、あるいはクララ。聖フランチェスコの最初の女性弟子で、フランチェスコ会女子修道会クララ会(キアラ会)の創始者。目や眼病の守護聖人。もともとはアッシジの貴族の娘。

43 ゴットフリート・アルノルトとは、ドイツの神学者(一六六六〜一七一四)。ゲーテにも影響を与えた。著書に『教会と異端の歴史』など。

ジし、イタリア語で話して聞かせた。通りすがりの人たちが立ち止まって話に聞き入り、おしゃべりに加わることもあったので、一晩に三、四回、人が入れ替わることもよくあった。ただ、ナルディーニさんと私だけはずっとそこに座ったままで、途中で席を立つことは一度もなかった。フィアスコボトル[44]の赤ワインは私には必需品のようなもので、欠かさずわきに置いていたものだが、その飲みっぷりは、貧しくほどほどに暮らしている人から見ればおそれをなすに充分だったようだ。初めは恥ずかしがっていた近所の娘たちも少しずつ打ち解けてきて、ドアの敷居から会話に参加したり、ちょっとした絵を差し出すと受け取るようにもなった。また、私が無遠慮な冗談を言うこともなければ、歓心を買うような態度にも出ないので、私のことを信心のある人だと思いはじめたようでもある。彼女たちのなかには、ペルジーノ[45]の絵に描かれている大きな目をした夢のような美しさの娘もいた。私はどの娘も好きだったし、気立てのいい子たちがいたずらっぽい顔をして笑っているのを見るのは楽しかった。とはいえ、その子たちのうちの誰かに惚れるということはなかった。可愛い子というのは互いによく似ていたので、私にはその美しさが人種的なものに見え、個人的なよさとは映らなかったからだ。マッテオ・スピネッリというパン屋の親方の息子もしょっちゅうやって来た。ひょうきん者で頭のよくまわる、すれっからしの若者だ。動物のまねをさせれば何でもできるし、スキャンダルに関しては耳が早いし、頭のなかには一泡吹かせてやろうという企みごとがはちきれんばかりに詰まっていた。私が伝説を話しているあいだは神妙におとなしく聞き入っていたものの、話が終わるなり、意地の悪い質問や喩えや臆測をしれっとした顔で並べ立てて聖なる父祖を笑いものにした。八百屋のおかみさんはぎょっとした顔つきになったが、ほかの人たちからはどっと笑い声が上がった。

ナルディーニさんと二人きりでいることも少なくなかった。宗教心を高める語りだけでなく、俗世間の話題も豊富なので、聞いていて楽しい。彼女は親しい人が犯した間違いや悪癖を決して見逃さず、その一つひとつをきびしく吟味しては、各自に煉獄[46]で座るべき席を割り当てていた。しかし、私のことは心から愛してくれていて、自分

44　フィアスコボトルとは、編まれた藁《わら》に包まれた、下部がずんぐりした形のワインボトル。
45　ペルジーノは、イタリア、ウンブリア派の画家（一四四五頃〜一五二三）。ヴェロッキオとの相弟子にレオナルド・ダ・ヴィンチがいた。明快な画面構成と洗練された色彩美、背景にみえる風景描写の美しさに定評があった。ラファエロも彼の弟子。

で見たことや体験したことなどを、ほんの些細なことまで含め、何でもあけすけに延々と話すのだった。私が何か買いものをすると、そのたびにいくら払ったのかを尋ね、だまされて損をしていないかことごとくチェックした。聖人たちの生涯について話してあげると、代わりに果物の購入や野菜の売買の秘訣とか、料理のこつなどを伝授してくれた。ある晩のこと、私たちはいつもの朽《く》ちかけた会堂に座っていた。私がスイスの歌を歌い、ヨーデルの声を繰り出すと、子どもたちや娘たちに大受けし、身をよじらせておもしろがったり、異国の言葉の響きをまねしたりする子が出て来て、大騒ぎになった。ヨーデルの声を出すとき私の喉仏《のどぼとけ》が上がったり下がったりするのがすごくおかしかった、と言った子もいた。その後、愛について話しだした人がいた。女の子たちはくすくす笑い、ナルディーニさんは目をぐるりとまわし感傷的な溜息をついた。そのうちに私にも矛先が向けられ、恋物語があったら、ぜひそれを話してほしいとせがまれた。エリーザベトのことは黙っていたが、アグリエッティと一緒に小舟に乗り、不首尾に終わった愛の告白のことは話した。リヒャルト以外誰にも一言も洩らしたことのないこの出来事を、南国の石畳の小路と夕暮れどきの金赤に染まった丘を前に、好奇心旺盛なウンブリアの人たちに話すことになろうとは思いも寄らなかった。私は深く考えもせず、昔の短篇小説ふうに淡々と語っていった。だが、つい力が入ってしまうところは出てくる。話しながら、内心、聞いていた人たちが笑いだし、ひやかしの言葉を投げてくるのではないかと心配になった。だが、しまいまで語り終えても、私に向けられたみんなの目は悲しげで、思いやりすら感じられた。

「こんなりっぱな人なのに！」娘の一人が声を張りあげた。

「こんなりっぱな人でも、うまくいかない恋ってあるんだ！」

ナルディーニさんがやわらかいふっくらした手を伸ばしてきて、そっと私の髪を撫でた。「つらかったろうね！」

別の娘が大きな梨を私に差し出した。最初の一口はあなたが食べるようにと私が言ったので、その子は私のことをじっと見つめながら、言われたとおりにした。しか

46　煉獄とは、キリスト教で、罪の償いが終わっていない死者の霊魂が死後幸福に到達するまで、残された償いを果たすためにおかれると信じられる苦しみの状態。この状態にある死者のために祈ることは可能で、かつよいこととされた。ダンテの『神曲』第二篇はこの信仰によっている。

し、私がほかの人たちにも齧《かじ》らせようとすると、それは許さなかった。「だめ、あなたが自分で食べて。私はあなたにあげたんです、あなたが自分の不幸な話をしてくれたから」

「でも、じき別の人を愛するようになりますよ」日に焼けたブドウ農家の人が言った。

「いいえ」と私は言った。

「えっ、今でもそのエルミーニアというひどい女を愛してるんですか？」

「今は聖フランチェスコを愛しています。この聖人からはすべての人間を愛することを教わりました。あなたがたをはじめペルージャの人やここの子どもたち、それにエルミーニアの恋人もです」

この牧歌的な暮らしのなかに危険をはらんだ少しばかりややこしいことが入りこんできた。ナルディーニさんの心がやんごとない願望に満たされているとわかったときのことで、どうやら彼女はシニョール・ピエトロがここに残って自分と結婚してくれたらどんなにいいかと思っているらしいのだ。それを知った瞬間から私は狡猾な外交官に成りはてた。調和を乱さず、互いに築き上げてきた友情を失うこともなく、ナルディーニさんの夢を打ち砕くのは容易ではないからだ。また、そろそろ帰りの旅のことも考えなくてはならない。将来の創作の夢と懐具合の問題がなかったら、そこにとどまるということはあったかもしれない。場合によっては、その懐具合のせいでナルディーニさんと結婚ということもありえたかもしれない。いや、ちがう。私がそうしなかったのは、エリーザベトのことで負った傷がまだ癒えてなく、かさぶたも出来ていないことによる痛みと、彼女にもう一度会いたいという欲求からだった。

丸々としたやもめ暮らしのひとは、案に相違して、私の心を変えさせるのは無理とあきらめがついたらしく、失望の埋め合わせを私に求めることもしなかった。旅立ちの日、この別れは彼女よりも私のほうがはるかにつらいように思えた。これまで自分が故郷で後にしたのよりもはるかに多くを後にしたからだ。また、旅立ちのときにこれほど心をこめて、これほどたくさんの愛しい人たちから手を握られたこともなかったからだ。みんな果物やワイン、甘い火酒、パン、ソーセージなどを私に持たせてくれた。ここに来てくれた人たちは、私が行こうが行くまいがどうでもいいと思うような人たちではない。みんな友だちだ。その友だちと今自分は別れようとしている。そう思うと、いつもとは違った感情が湧いてきた。アヌンツィアータ・ナルディーニさんは別れのとき私の両頰にキスをし、目に涙を浮かべていた。

私はそれまでは、自分から愛することをせずに愛されるというのは格別の喜びにちがいないと思っていた。だが、与えられても報いようがなかったら、そういう愛情にはどれほど気まずい思いをさせられるか、このとき身をもってわかった。それでも、よその国の女性が私に思いを寄せ、夫にしたいと願ったということには少しばかり誇らしい気持ちにもなった。それは、そんなうぬぼれを持てるほどに心の傷が快復していたということにもなる。ナルディーニさんは気の毒がってくれたが、私としては、やはり、あの失恋の件をなかったことにはしたくなかった。それに、幸せというのは外的な願望が満たされることとはあまり関係がないことや、恋に落ちた若者の苦悩は、たしかにやりきれないものではあるかもしれないが、必ずしも悲劇一辺倒ではないということも、しだいにわかるようになっていた。エリーザベトを自分のものにできなかったことで、たしかにつらい思いはした。しかし、私の人生、私の自由、仕事、思考法まで切りつめられたわけではない。遠くからなら今まで同様、その気になればいくらでも彼女を愛することはできるのだ。こうした思考の歩みと、さらにはウンブリアに何カ月もいたことで培《つちか》われた素朴な明るさはきわめて有益だった。昔からおかしなこと、滑稽なことを解する目は持っていたのだが、それを楽しむ前に自分から皮肉を浴びせて台なしにしてしまう面が私にはあった。それが、ここにきて、少しずつ人生のユーモアにも目を向けられるようになっている。自分の星まわりと和解し、人生の食卓に供された美味な食べものの一つひとつを味わうことが、今まで以上に簡単にできるようになった気がした。

たしかに、イタリアから帰郷したときというのは、いつもこんなものだ。原則とか偏見とかは口笛一つで吹き飛ばし、何ごとも笑顔で許し、ズボンのポケットに両手をつっこんでいれば、自分は抜け目のない世渡り上手に思えてくる。しばらく南の温暖な地で心の温かい人たちに混じって暮らせば、誰だって故郷でもそんな生活を続けたいと思いたくなるだろう。私にしてもイタリアに行って帰って来るたびにそうだったし、そのときは特にそうだった。だが、バーゼルに戻り、若々しさどころか何の変化もない昔の硬直した生活を目の当たりにするや、はしゃいだ気分はピークを過ぎ、それからは下りの階段を一段ずつ小さな音を立てながら不機嫌に降りて行くことになった。それでも、身についたものから何かが芽生えていたことは確かなようで、以後、私の小舟は水が澄んでいようと濁っていようと、そのなかを行くときは、少なくとも小さな三色旗を信頼し、これ見よがしになびかせるようになっていた。

それ以外でも私のものの見方は少しずつ変わっていった。これといった大きな心残りもなく青春時代を抜け出し、着実に成長を重ね、人生は短い道のりでしかなく、自分は単なる放浪者にすぎない、この先どんな歩みをし、どんなふうにして消えていこうとも、この世の耳目を集めるようなことにはならない一介の放浪者にすぎないと見なせるまでになったと感じていた。誰だって人生の目標を持ち、気に入ったところからは目を離さないものだ。けれども、自分がそこに欠かせない存在だと思えなくなると、ついつい、一日分くらい先へ進むのを怠ってもいいやという気持ちになってしまう。草むらに寝ころんで詩の一節を口笛で吹いたりして、今という愛すべき時をとことん楽しんでやろうというわけだ。私はツァラトゥストラに祈りを捧げたことは一度もないが、それまではやはり支配欲の強い人間で、自己崇拝も下層階級の人を軽蔑することもなかったとは言い切れない。だが、徐々にではあったが、確固たる境界が存在しないことは私にも見えるようになっていた。また、虐《しいた》げられた貧しい庶民の世界には実に多様な生きざまがあるだけでなく、たいていの場合、利益を得ている人や輝きを放っている人の生き方よりも温かみがあり、誠実で模範的でもあるということも。

ところで、バーゼルに戻って来ると、すでに結婚式を終えていたエリーザベトの家で折よく最初の夜会が開かれるというので、私はいそいそと出かけて行った。旅のせいで日に焼け、元気にもなっていたので、大いに楽しめたし、おもしろい土産話もたくさん持って行った。人の妻となっても、美しい女性は親しみのこもった細やかな気遣いで私を何かと引き立ててくれた。おかげで、その晩はずっと、求婚の時期を逸して恥をさらさずに済んだ幸運を喜んでいられた。それというのも、イタリアでの経験にもかかわらず、いまだに女性に対する不信感は完全には拭いきれずにいたからだ。女というのは自分に惚れた男の絶望的な苦痛に残酷なまでの喜びをいだくものだという思いが頭から離れないのだ。そういう品位に欠ける不快な状態を具体的に説明するのにうってつけの話がある。幼稚園で実際にあった出来事で、それを私は五歳の男の子の口から直接聞いた。その子が通っていた幼稚園では一風変わった象徴的な慣習が伝統的に行われていて、それは、男の子がひどいいたずらをし、そのせいでズボンを下ろされてお仕置きを受けることになると、その子をベンチに押さえつけるために六人の女の子が指名されるというものだ。その押さえつけの許可をもらえるのは楽しみなだけでなく光栄なことでもあったので、選ばれるのは常に行儀のよい女の子だけで、その時々の模範生である子どもたちが、残酷な喜びにひたっていたというわけだ。たわいのない話かもしれないが、それを聞いて私は考えこんでしまった。しかも夢にまで忍んで来た。だから、そういう状況に置かれたらどんなみじめな気持ちになるかは、少なくとも夢の経験から知っていたのだ。

7

私は自分の文筆稼業にはあいかわらず敬意を持てずにいた。それでも、その仕事で生活し、ささやかな貯えを残し、時おり父にいくらかのお金を送ったりするぐらいはできていた。すると、父は喜んでそれを持って飲み屋へ行き、そこで言葉のかぎりを尽くして息子自慢をすることになる。さらには私にお返しをすることまで考えた。以前、父には自分のパン代は新聞の記事で稼いでいると言ったことがあるのだが、父は私を編集者か通信員とでも思ったようで——地元の地方紙にそういうのがいることを知っていたからだ——、三回ほど口述筆記で手紙を寄越し、自分で重要と思った出来事、新聞の材料としてお金になりそうだと思った出来事を伝えてきたのだ。最初は納屋の火事、次は二人の登山客の転落事故、三回めは村長選の結果だった。どれも吹き出しそうなほど滑稽な新聞の文体で書かれていた。私は心から嬉しくなった。そんなものでも、やはり、父と私を結ぶ友好の証であり、私が何年ぶりかで受け取った故郷からの手紙だったからだ。おまけに、自分が書いたものを思わぬところからばかにされたような気もして、妙に元気が湧いたりもした。それというのも、私が毎月論評している本は、世に出てもその重要さと効果の点で田舎の出来事にはるかに後れを取るようなものばかりだったのだ。

そのとき書評で取り上げたのは、私がチューリヒにいたときに知り合った二人の本で、二人ともチューリヒ時代は桁外《けたはず》れの若手抒情詩人として知られていた。今は一人はベルリンに住み、売春宿やカフェなど都会のいかがわしい部分の描写にいそしんでいる。もう一人はミュンヘンの郊外に隠者暮らし用の豪邸を建て、神経衰弱の自己観察と心霊術の興奮状態のあいだを、自己嫌悪と絶望感をいだきつつ、ふらふらと行きつ戻りつしていた。その二人の本を論じなくてはならなくなったわけだが、当然のように私はその二冊を無邪気に笑いものにした。神経衰弱者からは軽蔑に満ちた手紙が一通、それこそ王侯貴族のような文体で来ただけだった。ところが、ベルリンのほうは、自分がいちばんに意図したものが見誤られていると言い張り、ある雑誌で騒ぎ立てた。ゾラをよりどころにして私の批評は理解に苦しむとし、非難の矛先を私だけでなく、スイス人の精神にまで向けていた。スイス人は思い込みが激しく、どうやら散文を解する心しか持っていないようだと言うのだ。この男が健康で品位ある文士生活を送っていたのはチューリヒに住んでいた当時だけだったのかもしれない。ところで、私自身は取り立てて愛国者ではなかったが、あまりにベルリン、ベルリンとうるさく言われるので、これに対しては長文の書簡で答えずにいられなかった。そのなかで私が特にはっきり言っておきたかったのは、都会の近代性をことさらに誇張することには賛成しかねるということだった。

この論争は、私にいい作用を与えただけでなく、現代の文化生活に対する自身の見解を再考するきっかけともなった。だが、その仕事は骨が折れ、時間がかかり、そのわりにはたいして好ましい結果にもならなかった。それについてはここで触れなくても、この本が失うものは何もないと言っていい。

とはいえ、そうした考察を続けることで自分自身について考えたり、長いこと温めているライフワークを前にもまして強く意識するようになったのは確かだ。これまで何度か触れたのでおわかりかと思うが、私には、少しばかり大きな創作をやってみたいという願望があった。現代人が物言わぬ自然の奥深い生命の営みに親しみを持ち、愛情をいだくようになれる作品だ。どうすれば大地の鼓動に耳を澄ませ、生きとし生けるものと関わりを持てるようになれるか教えたかったのだ。また、ややもすると私たちはちっぽけな運命に翻弄されて、自分が神でもなければひとりでに出来たものでもなく、この大地の、宇宙全体の一部であり子どもであるにすぎないということを忘れてしまいがちだが、そのようなことはあってはならないということも教えたかった。生きとし生けるものが公けに認められ不滅となることをこの手で確実なものにしてあげたい、そういう欲求も私にはあった。そして、その欲求はあこがれとなって大空と大地のあいだに大きく翼を広げていた。その担い手であり象徴であるのは、詩人の詩歌と同じように、夜に見る夢と同じように、大きな川や大洋や流れる雲や嵐だ。そのことも私は思い出させたかった。この世に存在するものはすべてその核となる部分では公けに認められるだけの価値はあると信じているし、神の子でもあるし、永遠なるものの膝に何の怖れもいだかずに安らっている。だが、私たちの体内にある悪しきもの、病んでいるもの、だめになったものはそれに異を唱え、死を信じようとする。

また、自然に対して兄弟愛をもって接すれば喜びのみなもとや生命の大きな流れを見いだせることも人びとに教えたかった。戸外を歩きまわって見て楽しむすべを、現にそこにあるものに喜びを見いだせることも説いてみたかった。山々や海洋や緑の島々に言葉を与え、あなたがたを引きこむような力強い語りをやらせてみたかった。あなたがたの家や街の外ではどれほど多様な生命が毎日芽吹き花開いているか、それをぜひとも見せてやりたかった。そんな春爛漫《らんまん》の様子よりも、橋の下を流れる川のことよりも、鉄道が通る森や素晴らしい牧草地のことよりも、外国の戦争とか、ファッションや噂話、文学、芸術についての知識を増やすことに熱心な人たちには、それを恥じ入るようにしてみたかった。忘れられない喜びをつなげた金の鎖がどんなもので、それを見つけたのがこの世で独り重苦しく生きている私であるということも語ってみたかった。そして、おそらくは幸せに暮らし、私よりも大いに楽しんでいるあなたがたがこの世界に目を向けて新たな発見をし、いちだんと大きな喜びを得てくれればとも望んでいた。

なかでも私が望んだのは、愛情という美しい秘密があなたがたの心に根づくことだった。生あるものすべてに対して真の兄弟となり、愛情豊かになることをあなたがたに教えることだった。そうすれば、あなたがたは苦悩も死も恐れなくなり、そういうものがやって来ても、まじめな同胞として、まじめに同胞らしく迎え入れるだろうから。

そうしたことのすべてを私は頌歌《しょうか》とか高尚な歌という形ではなく、飾ることなくありのままに具体的に表現したいと思った。ちょうど、よその国から帰郷した旅人が本気になったりおどけたりしながら仲間に土産話を語るみたいに。

欲した、願った、望んだ――今となっては妙なことを言っていたものだとしか思えない。だが、当時の私は、このたくさんの願望がいつかは具体的な計画として輪郭を持つ日が来ると信じて待っていたのだ。そして、少なくとも、その材料集めだけはやっていた。それは頭のなかにだけでなく、大量のメモ帳にも残っている。旅に出たときには必ずポケットに入れて持ち歩いていたので、一冊あたり数週間しかもたなかった。世間で目にしたことをすべてそこに、何も考えず、何の脈絡もなく、簡潔に書きこんでいく。絵描きのスケッチブックのようなもので、現実の物事をあるがままに短い言葉で写していくのだ。小路や街道の絵、山なみや街のシルエット、耳に入ってきた農民や職人や市場の女たちの会話、さらには天気のことわざや、光、風、雨、岩石、植物、動物、鳥の飛び方、波のでき方、海面の色の変化、雲の形などについてのメモも。たまに、そういうものから短い物語を創り、発表したこともある。自然および遍歴の研究の成果としてだが、ただ、どれも人間的なものとの関連は欠いていた。木の物語、動物の生活、雲の旅といったものは、人間の点景がなくても私には充分興味深かったのだ。

人間の姿が一つも登場しない大作がまったくのナンセンスであることは、すでにたびたび私の頭をよぎっていた。だが、私はずっとその理想にしがみつき、いつか大きなインスピレーションが湧いてこの不可能事を克服してくれるかもしれないという淡い希望をいだいていた。とはいえ、そんな私もとうとう、この美しい風景に人間を住まわせなくてはならない、しかも、今の自分にはその人間を自然にかつ忠実に表現することなどまったく不可能だと観念するに至った。それを可能にするには取り戻さなくてはならないことが果てしなくある。今でもその作業はやっている。そのことに気づくまで、私にとって人間というのは一つのまとまりであり、そのまとまり全体が丸ごと縁遠いものだった。それがここに来てようやく、人類という抽象的なものではなく具体的な個人を相手にするようになり、個人を知り研究することがどんなに価値あることか学んだのだ。以後、私のメモ帳と記憶はまったく新しい絵で埋まっていくことになる。

こうした研究はいざ始めてみると実に楽しかった。何ごとにも無関心を決めこんでいた態度を改めて、いろいろな人に関心を持った。世間で当たり前のことを自分がどれだけ知らずにいたかもわかった。が、その一方で、あちこち放浪し、たくさん見てきたおかげで、自分の目が開かれ鋭くなっていることもわかった。また、子どものことは昔から大好きだったので、しょっちゅう相手をして楽しんだ。

それでも、やはり雲や波を観察するほうが私には人間の研究よりも楽しかった。人間にはまわりを包んで保護してくれる嘘というゼラチン状のものがあるため、自然とは違うということがわかって驚いてしまったのだ。要するに、知人という知人に同じ現象を見てしまったのである——それは、自分の最も本質的な部分をわかってもいないのに、誰もが人柄というか明確な人物像を表す必要に迫られているという事情によって生み出された結果である。私は自分自身にも同じものがあることを確認して妙な気分になり、それっきり人物の核心にまで迫ろうとは思わなくなった。そのゼラチン状のものがはるかに重要になるケースがほとんどだったからだ。それは、そこらへんにいる子どもたちにも見られた。意識するしないにかかわらず、子どもたちは自分の素《す》をさらけ出すよりも何かの役を演じたがった。それも、常にあからさまに、かつ本能的に。

自分はもうこれ以上進歩しない、細々とした遊びの部分にばかり気を取られている、そう思うようになるまで時間はかからなかった。真っ先に自分に何か欠けているものがあるのではないかと探してみたが、すぐに、あてがはずれてがっくりしているだけだと認めざるをえなくなった。私が求めていた人間は周囲にはいなかったのだ。私が必要としていたのはおもしろそうなことではなく、人間の典型だった。大学出の連中も社交場に集まる人たちもそういうのは提供してくれなかった。たまらなくイタリアがなつかしくなった。あちこち歩きまわったときに一緒になった人や友人たちがたまらなくなつかしくなった。遍歴の職人たちだ。そういう人たちと歩きまわっているうちに、たくさんの素敵な若者とめぐりあったのだ。

簡易宿泊所のような福祉施設や荒れた安宿を訪ねてもむだだった。行くあてもない浮浪者といくら会おうとも、何の役にも立たなかった。こうして、しばらくはまた途方にくれて立ちすくみ、子どもたちにつきまとい、飲み屋での研究に明け暮れた。当然そこでは何も取り戻せるものはなかった。悲しい日々が何週間か続いた。すっかり自信をなくし、希望も願望もばかばかしいほどに誇張していただけだと思えてきて、ひたすら戸外をほっつき歩き、夜遅くまでワインをそばにくよくよ考えていた。

そのころ私のテーブルにはまた本の山がいくつも出来ていた。古書店に渡さずに手もとに置いておきたいと思ったものばかりだが、書棚にもう空きがなくなっていたために、そうなってしまったのだ。何とか決まりをつけようと、家具職人のもとを訪ね、一度うちへ来て書棚の寸法を採ってくれるよう頼んだ。

親方が来た。動作の鈍い小柄な男で、何ごとにも慎重そうなタイプだ。床に膝をつき、メートル棒を天井まで伸ばし、室内を計測していく。かすかに膠《にかわ》のにおいがする。計測した値は一インチもの大きさの数字でていねいにメモ帳に書きこんでいく。そうやって計っているとき、たまたま、本が山積みになっている椅子にぶつかった。何冊かが下に落ち、親方がそれを拾おうと身をかがめた。落ちた本のなかには職人言葉を集めたハンドブックがまじっていた。その厚紙表紙の本はドイツの職人宿などこででも見られるもので、よく出来たおもしろい小冊子だ。

親方は自分でもよく知っている冊子を見つけ、何とも奇妙な視線を私のほうに向けてきた。嬉しそうでもあり、不審げでもある。

「どうかしましたか？」と私は訊いた。

「あ、いや、失礼。いえね、この本なら私でも知ってますけど、あなたはこういうのを研究してるんですか？」

「往来で話されてる隠語に興味があるもので」と私は答えた、「一度は引いてみたくなるような表現ってのがありますから」

「たしかに！」親方の声が大きくなった。「でも、ということは、あなたも一度は遍歴の旅に出たことがあるんですか？」

「遍歴の意味合いはちょっと違いますけどね。でも、放浪の旅はいっぱいしましたし、安宿にもたくさん泊まりました」

親方が本を元に戻し、立ち去ろうとした。

「遍歴の旅はどのへんでされたんですか？」と私は訊いた。

「ここからコブレンツまでだね。その後、ジュネーブまで下ったこともある。まあ、悪いことばっかりでもなかったな」

「牢屋に放りこまれたりもしたんですか？」

「一回だけね、ドゥルラハで」

「よかったら、もっとたくさん話してもらえませんか？　一杯やりながらでも」

「だんな、それはご免こうむります。けど、仕事が引けた後にうちに来て、どうだねとか、どんなぐあいだねとかって声をかけてくださるぶんには、いっこうにかまいません。ただの冷やかしでさえなければね」

数日後、エリーザベトのところで自由参加の夜会があった。私は道の途中で立ち止まり、そこよりは家具職人のところへ行ったほうがいいのではないだろうかと思案した。結局、部屋に引き返してフロックコートを脱ぎ捨て、親方の家に向かった。仕事場はすでに閉まっていて暗かった。明かりのない玄関と狭い中庭をおぼつかない足取りで抜け、裏の離れの階段を行きつ戻りつして、ようやく親方の表札がついているドアを見つけた。なかに足を踏み入れると、すぐそこが小さなキッチンになっていて、痩せた女が夕食の準備をしながら、狭い室内でわいわい騒ぎたてている三人の子どもに監視の目を向けていた。女はけげんそうな顔をしながら私を隣の部屋へ案内した。親方が新聞を手に薄明かりの窓辺に座っている。暗いので、また厚かましい客でも来たのだろうと思ったのか、むずかしい顔をしてぶつぶつ言っていたが、私だとわかると、手を差し出してきた。

親方が思いがけない来客に当惑しているふうだったので、私は後ろを振り向いた。

子どもたちがいっせいにキッチンへ逃げ帰っていく。後を追って私もそこまで行くと、奥さんの作っていたのが米料理だとわかり、とたんにウンブリアの下宿先のおかみさんのキッチンでの思い出が頭のなかによみがえってきた。すかさず私もその食事の支度に参加した。このあたりでは今も、どんなにおいしいお米でも糊状になるまで煮つめられる。風味も何もあったものでなく、いやというほどべとついたものを食べることになる。このときもすでにそうなりつつあった。それでも、私が大急ぎで鍋と網杓子に手を伸ばして調理を引き受けたので、どうにか救うことはできた。奥さんは私の指示に素直に従い、ただただびっくりしていた。米料理はまあまあの出来となり、それを食卓に運ぶと、ランプに火を灯した。私のぶんの皿もあった。

この晩は奥さんがもっぱらキッチンの話に私を引きこんだので、亭主のほうはほとんど会話に入れず、家具職人としての遍歴話を聞かせてもらうのは次の機会まで延期せざるをえなくなった。ちなみに、この家族の人たちは、私がうわべは紳士のようにしているが、もともとは農民の息子で貧しい庶民の出であることをすぐに感じ取っていた。そして、私たちは最初の晩でもう友人となり、親しくなっていた。そうなれたのは、この人たちが自分と似たような出自を私のなかに見て取ったように、私のほうでも、この貧しい家庭に故郷の庶民の空気を嗅ぎつけたからだろう。この人たちには洗練された優雅さや気取ったポーズや狂言じみたことにまわせる時間などはない。教養や高尚な関心といった衣などとは無縁なつらく貧しい生活ではあっても、それが気に入っているし、きれいごとを並べて飾りたてるまでもなく充実していた。

私はたびたび親方のもとを訪れるようになり、屑の集まりのような社交界のことだけでなく、自分の悲しみも苦悩も忘れた。まるで、幼年時代の一部がここに保管されていたのを見つけ出し、当時神父によって学校に送られたために中断してしまった生活をやっと再開できたような気分になっていた。

あちこち擦り切れ、汗で黄ばんだ古めかしい地図にかがみこんで、親方と私はめいめいがたどった行程を一緒になって追った。そして、二人とも知っている街の門や小路に行き当たるたびに思い出話に花を咲かせた。職人のジョークを再現してみたり、古びることのない職人の歌を歌ったりもした。話題は職人の苦労や家計のこと、子どもたちのこと、街の出来事にも及び、いつしか親方と私とは役柄が入れ替わって、私が受ける役に、親方が与え教える役になっていた。そして、私はここで自分を包んでいるのがサロンの実のない言葉でなく現実であると感じてほっとしていた。

家具職人の子どもたちのなかで特に目を引いたのは、見るからにひ弱そうな五歳の女の子だった。アグネスという名前で、みんなからはアギーと呼ばれていた。大きな目にはおびえの色があり、髪はブロンド、血色が悪く、手足はほっそりしていた。ある日曜日、私が家族を散歩に誘いに行くと、常に何かを怖がっているように見えた。アギーが病気だという。母親が残ってアギーの面倒をみることになり、ほかの者はぶらぶらと街のほうへ歩いて行った。ザンクト・マルグレーテンの裏手でベンチに腰掛けた。子どもらは石や花や甲虫を求めて走り去り、大人二人は夏の牧草地やビニンゲン墓地や青みを帯びた美しいジュラの山なみを眺めていた。親方はいかにも疲れたふうで、ふさぎこみ、口数も少ない。何か心配事でもありそうに見えた。

「どうした、親方、どこか悪いのか？」子どもらが遠く離れたのを見計らって、私は尋ねた。親方は悲しくせつなそうなまなざしを私に向けた。

「あんただってわかってるんじゃないのか？」親方が話しだした。「アギーは今にも死にかけている。俺にはとうにわかっていた。この歳まで生きただけでも不思議なくらいだ。あいつはいつも目の前に死を見ていた。今度ばかりは覚悟しなきゃならん」

私は慰めようとして、すぐにやめた。

「ほら見ろ」親方は悲しげに笑った。「あんただって、あの子が生き延びられるとは思っちゃいないんだろう。俺が信心深い人間じゃないことはわかるよな。教会にもめったに行かないし。だが、これぱっかりはわかるんだ、神さまは今俺に声をかけたがってるってな。あいつはまだほんの子どもだ。なのに一度も健康な体になったことがない。でもな、これだけは言っておく、あいつは俺にとって、ほかの子を全部合わせたよりもかわいいんだ」

ヨーデルを口ずさみながら子どもらが向こうから駆けて来た。私にまとわりついて次々に質問を浴びせてくる。花や草の名前を知りたがり、しまいに何か物語を聞かせてとせがんだ。そこで私は花と木と茂みの話をし、どれも子どもと同じように魂を持ち、自分の天使を持っているんだと言った。父親も聞き入り、笑みを浮かべ、時おりうんうんとかすかにうなずいていた。山々が青みを増したころ、私たちは晩鐘を聞きながら家路についた。牧草地は赤みを帯びた夕景に変わり、遠くには大聖堂の塔が小さく細く暖かい大気のなかにそびえている。夏の青空は緑がかった美しい金色に変わっていき、木々の影が長く伸びる。子どもらは疲れておとなしくなった。ケシの花やナデシコやホタルブクロの天使のことを考えているのだろう。私たち大人はアギーのことを考えていた。その魂はすでに翼を受け取り、不安をつのらせる私たちから去って行く準備ができていた。

それからの数週間は何ごともなかった。女の子は快復したように見え、何時間もベッドから離れられたし、冷たい枕をあてがってやると今までになく愛らしく満足げな表情を浮かべた。その後、急に熱が上がり、それが数日続いた。誰も口にはしなかったが、どう見ても、その子の面倒を見られるのはあと数週間か数日でしかなかった。一度だけ父親がそのことに触れたことがある。仕事場でのことだった。親方が手持ちの板を物色しているのを見て、私は、ああ、これは子ども用の柩のために板を集めているんだなと、すぐにわかった。

「もうそろそろなんだろうな」と親方は言った。「仕事が引けた後にってことになるが、せめてこれぐらいは俺の手でやってあげないと」

私はかんな台に腰掛けた。親方は別の台で仕事にかかっている。板の表面がきれいに仕上がると、職人魂からだろうか、誇らしげにそれを私に見せた。柾目《まさめ》の通った、健康に育ったモミ材だった。

「釘は一本も打ちたくない。それぞれきれいに嵌めこめば、長持ちする上物に仕上がる。今日のところはこれくらいでいいだろう。一緒に女房のところへ行こう」

夏の盛りの、暑く素晴らしい日々が過ぎていった。私は毎日一時間か二時間アギーのそばに座り、美しい牧草地や森のことを話してあげた。すっかり細くなり軽くなってしまった手を私の大きな手で包むようにして握り、その子のまわりに漂う明るく愛らしい気品を全身全霊をあげて吸収した。最後の日まで。

そのときが来た。私たちは不安と悲しみに沈みながらそばに立ち、やせ細った小さな体が最後にもう一度渾身の力で強い死を相手に闘うのを見つめていた。死はやすやすと勝利を収めた。母親は終始無言だった。強かった。父親はベッドにおおいかぶさり何度となく別れの言葉を繰り返し、ブロンドの髪を指で梳《す》き、大好きだった娘の顔を愛《いと》おしそうに撫でた。

つましく短い葬儀が執り行われ、隣り合って寝る子どもらがベッドで涙にくれる夜が続いた。墓参りも欠かさなかった。新しい墓に花や木を植え、冷え冷えとした施設内のベンチに腰をおろし、隣どうしで話すこともなく、アギーのことを思い、これまでとは違う目で地面を見つめた。その下には大好きだった女の子が眠っている。芝や木々もその子の上に育っているのだ。そして小鳥たちのさえずりも、のびのびと楽しそうに静かな墓地に響いている。

日々の生活は容赦なくその歩みを進めて行く。子どもらはまた歌を歌い、つかみ合いをし、笑い、物語を聞きたがるようになった。私たちはみんな、知らず知らずのうちに、アギーには二度と会えないこと、きれいな可愛い天使となって天上にいることに慣れていった。

この間ずっと、教授の家の集まりにはまったく顔を出さなかった。エリーザベトの家にも数回行ったきりで、行っても、なまぬるい会話の流れのなかでは途方にくれるばかりで、気分も浮かなかった。久しぶりに両方の家を訪れたものの、どちらも玄関は閉め切ったままになっていた。みんなとっくに田舎へ行っていたのだ。ようやく私は気がついた。家具職人一家との友情のせいで、また子どもの病気のせいで、この暑い季節に休暇を取らずにいただけでなく、そういうことさえ失念していたのだ。われながらびっくりした。七月から八月にかけて街に残っているなんて、以前だったらありえなかっただろう。

私はしばらく街を離れる旨を告げ、シュヴァルツヴァルト、ベルクシュトラーセ、オーデンヴァルトを歩いて抜ける旅に出ることにした。途中、いつもとは違う楽しみがあった。バーゼルの親方の子どもらに美しい場所の絵はがきを送ったり、行く先々で、帰ったらぜひとも一家にこの旅の土産話をしてあげようと思ったりしたのだ。フランクフルトでは滞在を数日延ばすことにした。アシャッフェンブルク、ニュルンベルク、ミュンヘン、ウルムでは古い芸術作品を鑑賞して喜びを新たにし、最後はチューリヒに立ち寄った。隅々まで知りつくしたこの街をそれまで何年間も墓のように避けてきたというのに、われながら無邪気なものだ。歩きなれた通りをぶらつき、昔通った飲み屋やワインガーデンを訪れ、過ぎ去った美しい歳月に思いを馳せても、もう痛みを伴うことはなかった。画家のアグリエッティは結婚していた。住所を教えてもらい、夕方、そこへ行ってみた。玄関のドアに記された夫の名前を読み、窓を見上げはしたが、なかに入って行くのはためらわれた。昔の記憶がありありとよみがえってきて、少年時代の恋がその眠りからうっすらと目を覚ました。かすかな痛みを覚えながら、私はきびすを返した。かつて愛したことのあるイタリア人女性の美しいイメージを無益な再会によって台なしにしたくはなかった。先へ行き、芸術家たちが夏の夜のパーティを催した湖畔の庭園を訪れ、三年ばかり暮らした屋根裏部屋のある家の前も通った。そんな数々の思い出に浸っているうちに、私はふとエリーザベトの名前を口にしていた。この新しい愛のほうがやはりその前のより強かったのだ。静かで、控えめで、ありがたいものだったのだ。

せっかくのいい気分をもうしばらく続けようと、ボートを借り、まだ明るさの残る暖かい湖にゆっくりと漕ぎ出した。陽が沈んだばかりの空に雪のような白さの美しい雲が一つぽっかりとかかっている。その雲をじっと見つめ、雲が好きでたまらなかった幼年時代を思いだしながら、その雲にうなずきかけた。そして、エリーザベトのことやセガンティーニが描いた雲のことも思いだした。我を忘れてあの絵の前に立っていたエリーザベトは美しかった。彼女への愛は言葉や不純な欲求によって曇らされたことは一度もない――このとき、私はそのことを、かつてなく喜ばしく清々しい気持ちで感じ取っていた。それというのも、この雲を見ているうちに、自分の人生はすべて順調だったんだと思えてきておだやかな感謝の気持ちになれ、昔のごたごたや激情に駆られての出来事ではなく、少年時代にいだいたあこがれだけを自分のなかに感じていたからだ。それさえも今は熟成し静かになっていた。

昔からよく私はオールを掻くときのゆったりした拍子に合わせて何か口ずさんだり歌ったりしていた。このときもいつのまにか小声で何か歌っていたのだが、歌いながら、それがちゃんとした詩になっていることにようやく気づいた。家に帰ってもまだ記憶に残っていたので、チューリヒの美しい湖の夕べの記念として書きとめた。

空の高みにある
白い雲のように、
エリーザベト、きみは
遠くにいても、明るく、美しい。

雲が行き、さすらおうとも、
きみはそれを見ようともしない、
それでも雲は、暗い夜、
きみの夢のなかをわたって行く。

幸せの光を浴びながら、雲が行く、
これからは休みなく

この白い雲を追って、きみが
　甘い郷愁をいだくよう。

バーゼルに戻ると、私あての手紙がアッシジから届いていた。アヌンツィアータ・ナルディーニさんからで、嬉しい知らせがいっぱい詰まっていた。二人めの夫を見つけたという！　ちなみに、これはそっくりそのまま伝えたほうがいいだろう。

　謹啓　ペーターさまにはますますご健勝のこととお慶び申し上げます。
　突然のお便りの失礼をお許し下さいませ。実は、このたび神の御心により私にも大きな幸せが授かりました。つきましては、十月十二日の私の結婚式にご招待いたしたくご案内申し上げます。彼の名はメノッティと言い、あまりお金は持っていませんが、私をとても愛してくれ、昔からずっと果物を商っている人です。とってもいい人です。でも、ペーターさん、あなたほど背は高くなく、立派でもありません。これからは私が店の番をして、彼が広場で果物を売ることになります。近所の、あの可愛いマリエッタも結婚します。よそから来たレンガ積み職人ですけどね。

毎日あなたのことを思い、たくさんの人にあなたのことを話しています。あなたのことが大好きです。あの聖人も大好きです。あなたの記念にと思って聖人にはロウソクを四本も寄進しました。結婚式においでいただければ、メノッティもとても喜ぶでしょう。彼があなたに無愛想な態度をとるようだったら、私が赦《ゆる》しません。残念ながら、マッテオ・スピネッリはほんとうに、私が常々言っていたように、悪党になってしまいました。私のところからしょっちゅうレモンを盗んでたんですけど、この前、パン屋の父親から十二リラ盗んだのと、物乞いのジャンジャコモの犬に毒を飲ませて殺したとかで、とうとうしょっぴかれてしまったのです。

あなたに神と聖人の祝福があらんことを。

あなたに会いたくてたまりません。

あらあらかしこ

アヌンツィアータ・ナルディーニ

追伸

今年の収穫はそれなりでした。ブドウの生育がとても悪く、梨も今一つでした。

レモンは豊作だったのですが、そのぶん値段が安くなってしまいました。スペッロで恐ろしい不幸がありました。弟が兄をレーキで打ち殺したのです。理由はわかりません。でも、兄弟なのに、相手をねたんでいたのは確かです。

残念ながら、この心そそられる招待には応じることができなかった。私はお祝いの言葉と翌年の春に訪れる旨をしたためてから、その手紙と家具職人の子どもらにと持ち帰ったニュルンベルクのみやげを持って部屋を出た。

そこには思いも寄らない大きな変化が起きていた。テーブルから離れ、窓寄りのところに、人間の姿をした異様にゆがんだものが、ベビーチェアのように上半身を支えるガードがついた椅子にうずくまっていたのだ。親方の奥さんの弟で、ボッピという名前だという。半身不随の障碍者で、老いた母親が最近亡くなり、居場所がなくなってしまったのだった。親方は仕方なく当分のあいだ自分のところに引き取ることにしたのだが、障碍のある病人が常にそばにいることになって家のなかは混乱し、おびえにも似た空気まで漂っていた。見るからに、みんなまだ彼に慣れていない。子どもらは怖がり、母親は同情と困惑とでふさぎこみ、父親は苦虫をかみつぶしたような顔をしている。ボッピは醜い二つこぶの上に大きな頭が載っていて、頸はほとんどないに等しい。彫りの深い顔立ちで、額は広く鼻は太い。きれいな口にその苦悩が現れている。目は澄んでいるものの、物静かで、おびえの色がほの見える。奇妙に小さく白くかわいい手は、両方とも椅子の細いガードにそっと置かれたままだ。私もこのあわれな闖入者には戸惑いを覚え、不快になった。同時に、親方からこの病人の身の上話を聞かされているうちに気まずくもなってきた。かたわらで当の病人が話しかけられることもなく、ぽつねんと座って両手を見つめているのだ。ボッピは生まれつき障碍を負っていた。それでも小学校はちゃんと卒業し、長年、藁《わら》編み細工をすることで多少なりとも人の役に立ってきた。ところが、痛風の発作がたびたび起こるようになり、体の一部が麻痺《まひ》するようになってしまった。それからはもう何年もベッドに横になるか、専用の椅子にクッションをあてがわれて座るかのどちらかになった。奥さんが口をはさんできて、この子は昔はよくきれいな声で歌っていたものだけど、もう何年も聞いてないし、この家に来てからも一度も歌ったことがないんです、と言った。こうしたことが話し合われているあいだも、終始、彼はそこに座ったまま、ぼんやりと前を見つめていた。私はいたたまれなくなり、その場から立ち去ると、その後数日はその家に近づかなかった。

私は生まれつき頑健で、それまでの人生でも重い病気にかかったことがなく、障碍をかかえて苦しんでいる人のことは、同情心をいだきつつも、少しばかりさげすみの目で見ていた。それなのに今、そうしたみじめな存在が不愉快な重荷となって家具職人の家庭に押し入り、私がようやく見つけた快適で明るい生活を邪魔しようとしている。これではおもしろかろうはずがない。私は次に訪れるのを一日延ばしに延期し、何とかしてあの半身不随のボッピを遠ざけることができないものかと思案した。が、むだだった。病院か救貧院に安い費用で収容してもらうという可能性もないわけではないので、親方のところへ行って、そのことについて相談しようかと何度も思ったのだが、やはり、訊かれもしないのにこちらから切り出すのははばかられたのだ。それに、ボッピと会うことに子どもじみた怖さすら覚えていた。行くたびに彼と顔を合わせ、手を差し出さなければならないのがいやでならなかった。

結局、日曜日は行かずじまいだった。次の日曜日も、早朝の列車でジュラ山脈へ出かけるつもりでいたが、直前になって、ふと自分の意気地《いくじ》のなさを恥ずかしく思い、山歩きはやめ、食事を終えると親方の家に出かけて行った。

私はいやいやボッピに手を差し出した。親方は機嫌が悪く、散歩に行こうと言い出した。こんなみじめな暮らしにはほとほと嫌気がさしてくる、と彼はこぼした。それを聞いて私は、自分の提案が受け入れられるかもしれないと思い、嬉しくなった。奥さんが家に残ろうとすると、ボッピは、一人でも大丈夫だから一緒に行ってくれと言った。一冊の本と一杯の水さえわきに置いてくれれば、鍵をかけて出かけても何の心配もいらないという。

そして、私たちは彼一人を置き去りにして散歩に出た。自分たちは人並みの善人だと自負していながら、家に鍵をかけ、彼を閉じこめて出かけたのだ！　私たちは楽しんだ。子どもらと一緒に遊び、金色の美しい秋の陽を喜び、誰一人それを恥じることはなかった。半身不随の男を家に置いたままにしてきたことを気にかける者は一人もいなかったのだ！　むしろ、しばしのあいだ彼から免れられることを喜んだ。ほっとして暖かい秋の澄んだ空気を満喫している私たちの姿はさぞかし、神の日曜日の意味を理解し感謝の念をいだきつつ楽しんでいる正直者の家族と映ったことだろう。

グレンツァハのヘルンリでワインガーデンに立ち寄り、テーブルを囲んで座ったときになってようやく、親方がボッピのことを話題にした。ああいうのにいられるとやっかいなだけでなく、家も窮屈になるし家計も圧迫されるんだよな、とこぼした。そして、最後は笑いながら発言を締めくくった。「まあ、せっかくこうやって出て来たんだ、もう一時間くらいはあいつに邪魔されずに楽しもうじゃないか！」

この無思慮な言葉に、突然、私の目の前に助けを求めて苦しんでいる半身不随のあわれな男の姿が浮かんだ。その男を私たちは誰一人愛していないどころか、厄介払いさえしたがっている。その男は私たちに置き去りにされ、鍵をかけて閉じこめられ、暗くなりかけた部屋に一人悲しく座っている。すぐにも暗くなってしまうだろうに、彼には明かりをつけることも窓に寄って行くこともできない。本を読むこともかなわず、会話も気晴らしもなく、暗がりのなかに一人で座っていなくてはならない。なのに、私たちはここでワインを飲み、笑い、楽しんでいる。ふと、自分がアッシジの人たちに聖フランチェスコについて話していたときのことが思い出された。あのとき私は聖人からすべての人間を愛することを教わったんだと自慢げに話していた。何のために私は聖人の人生を研究したのだろう。聖人の素晴らしい愛の歌を暗唱できるまで学んだのだろう。ウンブリアの丘で聖人の足跡をたどったのだろう。よるべなく苦しんでいるあわれな人間が現に目の前にいて、その人を慰めてあげることができるというのに。

いきなり見えざるものの手が私の心臓をむんずとつかみ、ぐいぐい圧迫してきた。その圧倒的な力に私は恥辱と苦痛でいっぱいになり、全身がおののき、あえなく屈服した。神が話しかけたがっているのだ。

「おい、おまえ、詩人じゃなかったのか！」とその声は言った。「ウンブリアの人の弟子、人びとに愛を教え幸せにしてあげようという預言者じゃなかったのか！ それとも、風や水に私の声を聞くのが好きなただの夢想家か！ おまえは、親切にしてもらって心地よい時間を持てる家が好きなだけなのか！ 私がこの家は立ち寄るに値すると認めたその日に、おまえはそこから逃げ出し、私を近づけまいとしている！ 何が聖人だ！ 何が預言者だ！ 何が詩人だ！」

私は、一点の曇りもない澄みきった鏡の前に立たされているような気分だった。そして、そのなかに映っているのは嘘つきの自分、ほら吹きの自分、臆病者の自分、約束を守らない自分だった。それは容赦なく、執拗に、恐ろしいまでに私を痛めつけてくる。このとき、何かが私のなかで壊れ、苦しみにもだえ、断末魔の叫びをあげた。それは跡形もなく消滅してしかるべきものだった。

だしぬけに、先に帰ります、と一方的に告げ、グラスにワインを残し、食べかけのパンをテーブルに置いたまま、私は街へ戻って行った。何か事故が起こっているのではないかと思うと気が気でなかった。火事になっているかもしれない。ボッピが椅子から落ちて苦しんでいるかもしれない。あるいはもう床で冷たくなっているかもしれない。床に横たわるボッピの姿が見える。そのかたわらに立ったとき、自分は半身不随の男から向けられる静かな非難のまなざしを受け止めることになるのだろうか。

街に入り、家に着いたころには息があがっていた。階段を駆け上がる。が、鍵のかかったドアの前に立ってようやく自分が鍵を持っていないことに気づいた。しかし、さっきまでの不安はすぐに収まった。キッチンのドアの前に立つより先に、なかから歌声が聞こえてきたのだ。奇妙な瞬間だった。心臓はまだ早鐘を打っている。息も切れている。そんななか私は暗い階段の踊り場に立ち、少しずつ落ち着きを取り戻しつつ、なかに閉じこめられた障碍者の歌声に聞き耳を立てていた。哀調を帯びたやわらかくかすかな声で「花は白く赤く」という愛の歌を歌っていた。もう長いこと歌っていなかったと聞いていたので、こんなふうに静かな時間を利用して自分なりにささやかな楽しみ方をしているのを耳にして、私は心が震えた。

とかく、こういうものなのだ。つまり、人生にはまじめな出来事や深い感動のほかに、おかしなことも付いてまわるということだ。自分の置かれた状況の滑稽さとばつの悪さのことで、私はそれを即座に感じ取っていた。不意に襲ってきた不安に駆られ、一時間かけて野原をここまで駆けてきたものの、今は鍵もなくキッチンの戸口の前に立っている。こうなると、すごすごと引きさがるか、閉めきった二つのドアごしに大声で呼びかけ、なかにいる男に自分の意図を伝えるかのどちらかしかなかった。私はあわれな人を慰め、いたわりの気持ちを示し、少しでも時間を短くしてあげようと思って階段に立っている。だが、なかにいる男はそんなことは思いもよらず、椅子に座ったまま歌っている。大声で呼びかけたりノックしたりして私が帰って来たことを知らせたところで、驚かせてしまうだけなのは目に見えている。立ち去るほかなかった。一時間ほど日曜日の人出でにぎわう小路をぶらついてから戻って来ると、家族が帰って来ていた。今度は何の抵抗もなくボッピと握手することができた。彼のそばに座り、会話を始め、何を読んでいたのか訊いた。読みたい本があれば貸してあげるよという言葉もすんなり出た。ボッピがありがとうと返してきたので、さっそくイェレミアス・ゴットヘルフ[47]を勧めてみると、その人の作品はほとんど知っているという。

そこで、次はゴットフリート・ケラーの名前を挙げてみたが、こちらはまだ読んだことがないという。よし、じゃ今度その人の本を持って来てあげよう、と私は約束した。

翌日、本を持って行くと、奥さんは今から出かけるところだという。親方は仕事場にいたので、私はボッピと二人きりになった。そこで私は、昨日一人で置き去りにしたことをどんなに恥じ入っているか打ち明けた。そして、たまにそばにいて、友人になれれば嬉しいとも。

障碍を負った小柄な男は大きな頭をほんの少しこちらに向け、じっと私を見つめてから、「どうもありがとう」と言った。それだけだった。しかし、こんなふうに頭の向きを変えることは彼にはたいへんな労力を要するものであり、健康な者の十回の抱擁よりもはるかに価値があった。そして、そのまなざしはとても明るく子どものように美しく、見つめられた私は恥ずかしさのあまり顔に血がのぼってしまった。

ところで、もっとたいへんなことがまだ残っていた。親方との話し合いだ。ここは、

47 イェレミアス・ゴットヘルフは、スイスの小説家、牧師（一七九七～一八五四）。同時代や歴史的事件に取材したテーマなどを題材に長篇、短篇小説を書いた。

昨日の不安と恥じ入った気持ちを率直に告白するのが最善と思えたのだが、残念ながら親方には私の心情は理解してもらえなかった。それでもそのことについて考えてはくれた。障碍を負った病人の面倒を双方でみることを受け入れたのだ。金額的にはたいした額ではないが、扶養のための費用を双方で分け合い、私は気ままにボッピのもとに出入りし、自分の兄弟のように見なしてもよいということになった。

秋はいつになく長く、美しく暖かだった。そこで私がボッピのために真っ先にしたことは、車椅子を調達し、彼を毎日、たいていは子どものお供つきで戸外に連れ出すことだった。

8

これも運命というものなのだろう。私は自分が与えるよりもはるかに多くのことを世の中から、また友人から受け取っていた。リヒャルトにしても、エリーザベトにしても、ナルディーニさんにしても、家具職人にしても、みんなそうだった。そして今度は、自分で自分をきちんと評価できるような分別ざかりの年齢に達していながら、背中の曲がった病人の弟子になろうとしている。これには自分でも驚いているし、それをありがたいこととも思っている。私がずっと前から取りかかっている作品を完成し公けにできるところまでいった場合の話になってしまうが、もしそこにいいことが書かれているとしたら、そのほとんどは私がボッピから学んだことと言ってよい。このときをもって私にはまさに喜びの時代が始まったのであり、その時代を私はこれからのち、生涯かかってたっぷりと味わいつくすことになるのだ。私に許されたのは、人間の魂が持つきらびやかさを明確に見分け、奥深くまで覗きこむことだった。病気や孤独や貧困や虐待といったものは、ちぎれ雲のようにその魂のはるか上を飛び去って行った。

怒り、苛立ち、不信、嘘といった悪癖の数々はともすると私たちの美しくも短い人生を台なしにし、やっかいな腫れものとなって私たちをゆがめる。だが、そうした汚らしいものはすべて、長年苦痛に耐えてきたこの人がかかえていた根本的な苦悩によって焼きつくされた。彼は賢者でもなければ天使でもない。しかし彼は、恐ろしいまでの大きな苦悩と耐乏生活を経て、恥じ入ることなく自分は弱い身であると感じ取り、みずからを神の手にゆだねることを学んだ、私心のない聡明な人だった。

一度彼に、あなたは痛みが引かず力の出ない体と上手に折り合っているように見えるが、どうしてそんなことができるのかと訊いたことがある。

「簡単なことです」彼は愛想よく笑った。「私は病気と絶えず戦争をしているんです。私が勝つこともあれば、向こうに負かされることもあります。とにかく、そうやってずっと戦っているんです。そして、たまに双方とも静かになることがあります。休戦協定を結ぶんですよ。それからは互いに相手の様子を窺うことになるんですが、そのうちどちらかがまたちょっかいを出して、戦闘再開となります」

それまで私はずっと自分を確かな目を持った優れた観察者だと思っていた。しかし、ボッピはその点でも尊敬すべき師となった。彼は自然に触れること、なかでも動物と接することに大きな喜びを感じていたので、私はしばしば動物園へ連れて行った。そこで過ごす時間は実に素敵だった。ボッピはまたたくまにいろんな動物の名前を覚えた。そして、動物園に行くときはいつもパンや砂糖を持参したので、動物のほうも私たちのことを覚えてくれ、互いに友だちどうしになれた。私たちの特別のお気に入りとなったのは獏《ばく》だった。その唯一の美徳は、同じ種属ではふつう見られないきれい好きである。ちなみに私たちは、そいつはうぬぼれが強く、知性に欠け、無愛想で、恩知らずで、並はずれた大食漢であると見た。象やノロジカやシャモア[48]といったほかの動物は、さらにはいかにも荒っぽそうなバイソンでも、砂糖を受け取ると、親しげなまなざしを返してきたり、おとなしく私に撫でさせてくれたりして、それなりの謝意を示すのだが、獏の場合はそういうことがまったくなかった。私たちが近づいて行くと即座に格子のところまでやって来て、差し出されたものをゆっくりと食べはじめる。

48　日本のカモシカに似たウシ科の動物。

そして、きれいに平らげて、あとはもう何ももらえないとわかると、さっさと元の場所に引っこんでしまう。何とも気位が高いというか、私たちはその性格の一端をまざまざと見せつけられた思いがしたものだ。しかも、そいつは自分からせがんだわけではないとばかりに、もらっても感謝するどころか、貢ぎものでも受け取るときのようなそぶりを見せるので、私たちはそいつを租税取り立て人と呼ぶことにした。ボッピは自分では動物に餌を与えることができないので、時おり、獏が充分満足したのか、それとももう一かけ与えたほうがいいのかということで口論になることがあった。そんなとき私たちは、さながら国家的大問題であるかのように、それを客観的な視点から徹底精査して吟味した。事の次第はこうである。あるとき獏のところを過ぎてから、ボッピが彼にはやっぱりもう一つ砂糖をあげるべきだったと言い出した。そこで二人で引き返したのだが、獏はもう自分の麦わらのねぐらに引っこんでいて、偉そうにこちらにむけて目をしばたたくだけで、格子のところまで来ようとしなかった。「どうか機嫌をお直しください、取り立て人さま」とボッピはそいつに呼びかけた。「もしかすると私たちのほうで砂糖の数を一つだけ間違えたのではないかと思い、戻って来たのですが」その先には象がいる。うろうろと歩きまわっていた象は待ちわびたようにこちらにやって来て、よく動く長い鼻を突き出してきた。象にだけはボッピも自分で餌を与えることができる。その巨大な動物が長い鼻をしなやかに曲げて、差し出した手のひらからパンをひょいと取り、嬉しそうに目を細めて見せると、彼は子どものように大喜びした。

いつもずっとボッピのそばについていられるわけでもないので、私は動物園の係の人に話して、そういうときには車椅子に乗ったまま一人で園内にいてもいいようにしてもらった。おかげで、それからは私が時間が取れないときでもボッピは陽射しを浴びながら動物を見ていることができるようになり、その日に見たことを逐一話してくれるようになった。そのなかでも特に彼が感心したという面持ちで話してくれたのが、雌ライオンに対して雄ライオンが取った行動だった。雌が休もうとして横になると、雄はすぐさま行ったり来たりの往復運動の方向を変えて、雌に触れたり、邪魔したり、またいだりということがないようにするというのだ。カワウソがこんなに楽しいものだとは思わなかったとも言った。動きが活発で、しなやかな泳ぎと身のこなしは見ていて飽きないし、見ているほうまでうきうきした気分になるという。ボッピ自身は車椅子に乗って動けないまま、懸命に頭や腕を動かさなくてはならなかったのだが。

私がボッピに自分の二つの恋物語を話して聞かせたのは、そんな美しい秋の日々でのことだった。そのころには親密な間柄になっていたので、この楽しくもなければ誉められるようなことでもない体験を黙っていることができなくなったのだ。ボッピは口をさしはさむこともなく、親友らしく真剣に聞き入っていた。しかし、その後、彼は白い雲であるというエリーザベトに一目会ってみたいという強い思いを打ち明け、もし往来で出逢うようなことがあったら、そのときはぜひ今言ったことを思い出してほしいと頼んだ。

なかなかそういうことにはならず、日ごとに寒くなりだしてもいたので、私はエリーザベトのところへ行き、背中にこぶを負った病人に喜びを与えてくれるよう頼んだ。彼女は快く承諾してくれ、日を決めて動物園で会うことになった。当日、私はエリーザベトを迎えに行き、ボッピが待つ動物園へ向かった。上品な身なりの美しい淑女が車椅子に乗った障碍者に手を差し出し、少しだけ身をかがめた。ボッピのほうは喜びに顔を輝かせ、大きな目に感謝と精一杯の気持ちをこめてその淑女を見上げた。このとき二人のうちのどちらが美しく、どちらが私の心に近いかなど、とうてい決められるものではなかった。淑女は二言三言やさしい言葉を口にし、障碍者はきらきらしたまなざしを決してそむけない。そんな二人のかたわらに立ち、自分がいちばん愛していた二人が、そして生きる道が深い溝によって大きく隔てられていた二人が目の前で一瞬手に手を取ったのを見て、私は不思議な気持ちになった。その日の午後、ボッピはずっとエリーザベトのことばかり話していた。彼女の美しさを、上品さを、気立てのよさを、衣装を、黄色い手袋と緑の靴を、歩き方とまなざしを、声と美しい帽子をひたすら誉めちぎった。私はと言えば、自分の愛した人が親友に施しものをしているさまを目の当たりにして、つらいような、おかしいような、何とも妙な気分になっていた。

そんな日々を送るあいだにも、ボッピは「緑のハインリヒ」と「ゼルトヴィーラの人々」[49]を読み終え、この著者の比類ない作品世界に親しんだので、ふくれっつらのパンクラーツ、アルベルトゥス・ツヴィーハン、律儀な櫛《くし》職人などは二人に共通の愛すべき友人となった。しばらく私はコンラート・フェルディナント・マイアー[50]の本も勧

49 「ゼルトヴィーラの人々」はゴットフリート・ケラーの短篇小説集（二巻、一八五六、一八七四年刊）。パンクラーツ、ツヴィーハン、櫛職人はその作品の登場人物。

めたほうがいいのかどうか迷っていたが、この作家がめざした簡明的確を旨としたラテン的な言語スタイルはやや凝縮しすぎの感があり、ボッピにはなじまないような気がした。それに、歴史の深淵をこの明るく静かな目の前に開くことになるのではないかという懸念もあった。代わりに私は聖フランチェスコの話をし、メーリケの短篇小説を読ませることにした。おもしろいなと思ったのは、ああやってしょっちゅうカワウソの池のそばに立って水にまつわる空想をたくましくしていなかったら、[51]「美しいラウの物語」を楽しむことなんてほとんどできなかったんじゃないかな、というボッピの告白だった。

今思い返してもついにやりとしてしまうのだが、私たちはいつのまにか親密な間柄になったときに使う呼称で呼び合うようになっていた。そう呼ぶようにしようと私から求めたわけではない。そう求めたところでボッピは受け入れなかっただろう。だが、とにかく、そんなふうに自然発生的にお互いそう呼ぶようになり、それが当たり前のようになっていた。そして、ある日ふとそれに気づくと、お互い笑うほかなく、これからもこのままでいいじゃないかということになった。

冬になり二人で外出するのがかなわなくなると、私はまた夕方から夜にかけてボッピの義兄の部屋にいるようになった。そのときになって私は、この新しい友情がやはり何の犠牲もなしにふところに転がりこんだのではないと気づいた。親方が終始不機嫌で、むすっとしたまま口をきこうとしないのだ。彼の不快のもとになっていたのは役立たずの居候の存在が負担であるということだけでなく、私とボッピとの関係も同じくらいの比重を占めていた。私が親方の家に行き半身不随の病人と楽しくおしゃべりしていると、その間、その家の主は新聞を手に腹立たしげにわきに座っているということになる。奥さんともうまくいっていないようだ。奥さんはふだんは我慢強い人で親方に逆らうようなことはなかったのだが、今回ばかりは自分の意志を押し通し、ボッピをどこかほかのところへ収容することにかたくなに反対していた。私が何度も宥《なだ》めたり新しい提案を持ち出したりしてみても、親方はとりつく島もなかった。言葉

50　コンラート・フェルディナント・マイアーはスイスの詩人、小説家（一八二五〜一八九八）。

51　エードゥアルト・メーリケはドイツの詩人、小説家（一八〇四〜一八七五）。ドイツ文学中最も純粋な抒情詩人の一人で、その温雅で調和的な美しさ、おおらかなユーモア、形象の明確さと共にそなわった言葉の音楽性等は、ゲーテに並ぶもの（手塚富雄『ドイツ文学案内』岩波文庫）。「美しいラウの物語」はメーリケのメルヘン。

に辛辣さが増し、私と障碍者との友情をあしざまに言い、ボッピの生き方をおとしめるようなことまで口にするようになった。たしかに、障碍を負った病人だけでなく、毎日通って来ては長々と居すわる私の存在も、ただでさえ狭い家には負担でしかなかった。それでも私は、いつかは親方もわかってくれて病人を好きになるときが来るかもしれないという希望を持っていた。もっとも、だからと言って自分から何か事を起こすなどということは私にはできなかった。そんなことをしたら親方を傷つけるかボッピを不利な状況に追いやりかねないからだ。即断即決は自分の柄ではないので——すでにチューリヒ時代にリヒャルトからぐずぐずペーター《ペトルス・クンクタートル》という綽名を頂戴していた——、私は何週間もじっと機が熟すのを待った。一人あるいはもしかすると二人の友をいっぺんに失ってしまうかもしれないという恐怖感にさいなまれながら。

はっきりしない状況が続き不快さが増す一方だったため、おのずと私の足はまた飲み屋へ向かうようになった。ある晩またしてもいやな話を聞かされ無性に腹が立ったので、ヴォー州ワインの小さな飲み屋へ行き、何リットルものアルコールでせっせとその害毒を洗い流した。まともに歩いて帰るのに苦労するなんて二年ぶりのことだった。明くる日、大酒を食らった後の常で頭はすっきりと覚めている。この喜劇じみたことにいいかげんけりをつけようと勇気を奮い起こし、親方のもとを訪ねた。ボッピを全面的に私にまかせるつもりはないかと申し出ると、その気がないわけではないが、少し考える時間をくれという答えが返ってきた。そして、数日後には提案が現実のものとなった。

さっそく私は新しく部屋を借り、背中にこぶのある病人と一緒にそこへ移り住んだ。慣れ親しんだ独身男の部屋を出て、曲がりなりにも二人暮らしを始めたことで、私は結婚でもしたような気分になっていた。当初はおっかなびっくりに経済実験をやっているようなものだったが、それでもどうにかなった。片づけや洗濯は通いの家政婦に頼み、食事は家に運んでもらうことにしたので、二人の共同生活はほどなく暖かく快適なものとなった。気ままな放浪の一人旅は、短期であれ長期であれ、これからは断念せざるをえないが、さしあたりはたいした問題ではない。仕事をしていても、友人がそばにいると思うと気が休まり、はかどるような気さえした。ただ、病人のこまごまとした世話はまったく初めてのことでもあり、あまり気乗りはしなかった。特に着せたり脱がしたりなどはそうだった。しかし、友人はこちらが恥じ入ってしまうほど辛抱強く待ち、感謝もしてくれるので、頑張って入念に世話するよう努めた。

教授の家にはあまり行かなくなったが、エリーザベトのところへは頻繁に顔を出していた。いろいろあったものの、やはり彼女の家には私を引きつける魔力のようなものがあった。そこに行って席に着き、お茶かグラスワインを飲みながら、ホスト役をこなす彼女を見ていると、時おりセンチメンタルな気分に襲われることがあった——私としては自分のなかにウェルテル[52]的な感情が生じたらただちに嘲笑を浴びせて撃退するつもりではいたのだが。もっとも、若者に特有な軟弱な愛のエゴイズムはそのころには私からは完全に消えていた。だから、私たちのあいだに戦争状態と呼べるものがあったとしても、それは親しさゆえのたわいのないもので、その意味ではむしろまともな関係と言っていい。実際、私たちは一緒にいればほとんど口げんかばかりしていた。それほど仲がよかったということだ。頭はよくまわるが、女らしく育てられたせいか、私から見れば少し偏っているように思えるこの賢い女性の頭脳は、一途に惚れこんだがさつな男のそれとはいい勝負だった。基本的には双方が相手に尊敬の念をいだいていたので、どんなにくだらない話題でも活発に論戦を交わすことができた。われながら滑稽だったのは、ほんの少し前まで自分が結婚することに命をかけていた女性に対し、手のひらを返したように独身の身の上を擁護するようになっていたことだ。さらには、好青年で、利発な妻を誇りに思っていた夫をだしにして彼女をからかうことまでやった。私のなかではまだひそかに昔の恋心が燃えつづけていたのだ。ただ、それはもう昔のような何かとやかましい打ち上げ花火ではなく、いつまでも赤い熾火《おきび》のようなもので、心を若く保ち、希望をなくして独身にこだわる変わり者が冬の晩に手をかざして温められる程度のものだった。ボッピがそばにいて、自分はほんとうにいつも心から愛されている存在なんだということを私に知らしめてくれるようになってからは、私は自分の愛情を何の心配もなく青春や詩作の一部として自分のなかに生かしていくことができた。

ちなみにエリーザベトは何かにつけ、いかにも女らしい意地の悪い言葉で私を冷やかし、独身の身の上であることを心から楽しめるようにしてくれた。

52　ウェルテル的な悩みとは、ゲーテの小説『若きウェルテルの悩み』に描かれる、主人公ウェルテルが抱いた悩みを指す。婚約者のいる異性に恋愛感情を持つことにより生じた絶望のこと。

ボッピと同居するようになってからは、エリーザベトの家もだんだん遠のいていった。私はボッピと一緒に本を読み、旅のアルバムや日記に目を通し、ドミノをして遊んだ。遊び相手にプードルを飼うようになり、冬の始まりを窓から眺め、毎日ばか話に興じたり真剣な議論をしたりした。背中の曲がった病人が身につけた世界観は卓越していた。人生というものを事実に即して見つめ、善意のユーモアで暖かくくるんでいる。それを私は毎日学ぶことになった。雪が降りしきり、窓の外が冬の美しさでおおわれるようになると、私たちは喜び勇んでストーブに群がる少年に早変わりした。昔なつかしい室内の牧歌的情景だ。人情を解するすべはさんざん歩きまわって求めつづけながら得られずじまいだったものだが、それを私はこういう場で習得することになった。というのも、ボッピは物静かな鋭い観察者として、それまでの人生で見てきたものをいっぱい持っていたからだ。そして、いったん語りだすと、素晴らしい話がどんどん出て来た。この障碍を負って生まれてきた人は、それまでの人生で知り合った人は三ダースにも満たず、大きな流れに飛びこんで一緒に泳ぐこともなかった。にもかかわらず人生については私よりもはるかによく知っていた。どんな小さなものにも目をとめ、どんな人にも体験や喜びや認識のみなもとを見つけ出すことに習熟していたからだ。

私たちが気に入っていた遊びはやはり動物にまつわるものだった。動物園には行けなくなっていたので、そこの動物たちを題材にしていろいろな寓話や物語を創ったのだ。大部分はお話として語るのではなく、即興の対話という形を取った。たとえばオウムどうしの愛の告白とか、バイソン一家の家庭不和とか、イノシシの夕べの団欒《だんらん》とかだ。

「やあ、貂《てん》さん、お元気ですか？」

「ありがとう、狐《きつね》さん、まあまあです。僕がつかまったとき、愛する妻に逃げられたことは知ってますよね。彼女のしっぽ、名前どおり毛がふさふさしていて、つい自慢したくなるほど、そりゃありっぱなものでした。真珠ですよ、あれは、ぜったいに真――」

「おっと、古い話はやめましょう、隣どうしなんだ、真珠の話なんか、もういやというほど聞かされてますよ。たった一度の人生です、ささやかな楽しみを台なしにしちゃいけません」

「それはどうも、狐さん、あなたが妻と知り合いになっていたら、僕の言いたいこと

「をもっとよくわかってもらえるのに」

「いやいや、よくわかってますよ。ふさふさしっぽという名前だったんでしょう、彼女？　いい名前じゃないですか、撫でるのにもってこいだ！　でもね、僕が言いたかったのは——気づいてるかとは思うんですが、あの雀《すずめ》のやつらね、あいつらがこのごろまたうるさくなってきてるんですよ！　そこで、ちょいと計略を思いついたんですがね」

「雀？」

「そう、雀。いやね、こうしたらどうかなと思ったんです。金網かごの前にパンくずを撒いてね、僕らはわきに寝ころんで、やつらが来るのをそうっと待つ。これで捕まえられなかったら、ハンターの名折れってもんです。どうです、ひとつ、あなたもご一緒に？」

「なるほど、それはいい」

「ついては、ご相談なんですが、パンはあなたのほうで用意してもらいたいんです。——そう、そう、それでけっこうです！　いや、ほんの少し右へずらしたほうがいいかな、そのほうが都合がいい。いえね、僕は今かららっけつなんですよ、すっからかん。あ、それでけっこうです。では、いいですか！　今からは身を伏せて、目をつむります――しっ、もう、一羽やって来てます！」（間《ま》）

「狐さん、まだですか？」

「何とも、せっかちですね！　初めて狩りに出たようなことをおっしゃる！　ハンターはね、待つってのが肝心なんです、待って待って待つんです。はい、もう一度やりなおし！」

「はい。でも、パンはどこへ行ったんですか？」

「はい？」

「ほら、どこにもパンが見当たりませんよ」

「ありえない！　パンが！　ほんとうだ――なくなってる！　けしからん！　風のしわざだな、くそっ」

「まあ、そうかなとは僕も思いますけど、でも、その前にね、あなたが何か食べているのが聞こえましたよ」

「えっ？　僕が何か食べていた？　いったい何を？」

「パンでしょうね、たぶん」

「貂さん、何ということを。臆測でそんなことを言うなんて、はっきり言って侮辱ですよ、それは。お隣どうしですから多少の言葉は我慢しますが、でも、それはあんまりです。あんまりですよ。僕の言いたいこと、わかります？――そのパンを僕が食べただなんて！　いったい何を考えてるんですか、あなたは？　そもそも僕はあなたから、おもしろくも何ともない真珠の話を今日もまた聞かされて、その後は僕がいいことを思いついたので、二人でパンを出して――」

「僕ですよ！　パンは僕が出したんです」

「――二人でパンを出して、僕は身を伏せて目を光らせた。何もかもうまくいってたんです。なのに、あなたが口を差しはさんできたから、雀どもが逃げてしまって、狩りはおじゃん。あげくにそのパンを僕が食べてしまったなんて！　いいでしょう、こんりんざい、あなたとは口もききたくありませんから」

そんなふうにしていると、午後も夜も軽やかに速やかに過ぎていった。気分は最高で、仕事にも前向きになれ、どんどんはかどった。ぐだぐだのろのろと、重い気分で仕事をしていたころの自分が不思議に思えた。リヒャルトと過ごした時代もこの静かで明るい日々にくらべれば、それほどでもなかったように思えてきた。窓の外では雪片が舞っている。私たちはプードルともどもストーブを囲んで楽しくやっていた。

　そんな日々を送るうち、ボッピのやつがとんでもないことをしてくれた。今となれば、それは最初で最後の、と言うほかない。満足感にどっぷりと浸っていたせいでこちらの目が鈍っていたこともあったのだろうが、彼が以前より苦しむようになったのを私は見抜けなかったのだ。ただ、ボッピがそんなときに、かつてなく楽しげにし、文句も言わず、私にタバコを控えるよう口にすることもなかったのは、純粋に私に対する遠慮と愛情からだった。だが、やがて、夜になって横になると、苦しみだし、咳をし、かすかにうめくようになった。私が彼のうめき声を聞いたのはまったくの偶然だった。夜遅くまで私が隣の部屋で書きものをしていたときのことで、彼は私がとっくに寝床に就いたと思ったのか、急にうめきだした。私がすかさずランプを手にして隣の寝室に入って行くと、その明かりのなかにボッピのぎょっとした顔が浮かび上がった。私は灯りをわきに置き、ベッドの端に腰をおろし、尋ねた。しばらくは何とか言いのがれようとしているふうだったが、とうとう観念したように、「たいしたことはない」と遠慮がちに言った。「動いたりすると心臓が痙攣《けいれん》を起こしたようになるだけだ、たまに呼吸をしてもだけど」

まるで病気が重くなることが犯罪であるかのように、ボッピは謝った！　朝になるのを待って私は医者に行った。冷え込みは厳しかったが、冬晴れの清々し冬晴れの清々しい朝だった。もうすぐクリスマスだ、どうやってボッピを喜ばせてやろうかなどと考えながら歩いていると、不安感と心配は徐々に弱まっていった。医師はまだ家にいて、私のたっての願いを聞き入れ、来てくれることになった。乗り心地のよい馬車に私も乗せてもらい、家に向かう。階段を上がり、ボッピの部屋に入った。触診、打診、聴診と続き、医師がほんの少しまじめな顔つきになった。説明する声に思いやりの口調がにじむ。いっさいの楽しみが私から消え失せていった。

痛風、心臓の衰弱、深刻な事態──私は耳を傾け、事細かく書きとめていった。医師から入院を命じられてもまったく抵抗しなかった自分にも驚いていた。

午後になると病院の馬車が来た。そして、病院から戻って来て家のなかに立った瞬間、私はぞっとしてしまった。プードルが私めがけて突進して来た。病人の大きな椅子はわきへのけられ、隣の部屋はからっぽになっている。愛するとはこういうものなのだ。苦痛がもたらされ、その後も多くの苦しみを味わうことになる。だが、痛い思いをするか否かはさほど重要ではない！　生きとし生けるものが自分たちとつながっているという親密で生き生きとした結びつきが感じられ、共に生きているという強い感覚がそこにありさえすれば、そして、その愛情が冷めさえしなければ、それで充分なのだ！ これまでに過ごした明るい日々を、夢中になった恋も、詩人になろうとした計画さえも、すべて差し出せば、その代わりとして、もう一度あのときのように最も神聖なものを覗きこむことができるというのなら、喜んでそうもしよう。だが、そんなことはもうかなわない。目が、心が激しく痛む。誇りやうぬぼれにもけちがつく。だが、それが過ぎてしまえば、おのずから心は平静になり、控えめになり、成熟して心の底から生き生きとなる！

私の持って生まれた本性の一部は、すでにあの幼いブロンドのアギーとともに死んだ。その私が今度は、愛情のすべてを傾け生活を共にした背中にこぶのある人が苦しみ少しずつ死に向かっているのを見守りながら、毎日一緒に苦しみ、死ぬことの恐ろしさと神聖さをその人と分け合っている。愛にすら未熟な者が、はや死という深刻な章に取りかかっているのだ。このときのことは、パリ時代のことと違って、だんまりを決めこむつもりはない。むしろ、婚約期間について話す女性や、少年時代について語る老人同様、声高に語ろうと思う。

私は一人の人間が死にゆくのを見ていた。その人の人生は苦しみと愛情だけだった。その人は死ぬという仕事を体に感じながら、子どもみたいな冗談を言う。激しい苦痛のさなかにあっても、その人のまなざしが私を探している。それは、私に何かをしてほしいからではなく、むしろ私を元気づけ、こうした痙攣や苦しみにさいなまれても自分のなかの最善のものは損なわれなかったことを私に示すためだった。その人の目が大きくなった。顔の張りがなくなり、ただ大きな目がらんらんと輝くだけになった。

「ボッピ、何かしてほしいことはある?」

「何か話してくれ。獏のことでも」

獏の話を始めると、ボッピは目をつむった。私は努めてふだんどおり話すようにした。そうしないと涙が止まらなくなりそうだった。そして、彼がもう私の話を聞いていないか眠ったなと思うと、すぐに黙りこんだ。すると、彼はすぐに目を開けた。

「──で、それからは?」

私は話しつづけた。獏のこと、プードルのこと、父のこと、悪がきのマッテオ・スピネッリのこと、エリーザベトのことを。

「ばかなやつと結婚しちゃって。そういうもんだよね、ペーター!」

いきなり死が話題になることもよくあった。

「楽しいわけはないよね、ペーター。何だかんだ言って、死ぬっていうのはこの世でいちばんたいへんな仕事なんだから。でも、いつかはみんなそれをやりとげる」

あるいは、「この苦しみさえ乗り越えれば、僕はもう笑っていられるんだ。僕の場合、死ぬことにはそれだけの価値がある。この彫りものみたいに曲がった背中からも、短い足や麻痺した腰からもおさらばできるんだ。きみのような筋骨たくましい健康な体では惜しい気持ちが先に立つだろうけどね」。

そして、亡くなる数日前には、短いまどろみから覚めるや、はっきりとこう言った。

「神父が言うような天国なんてあるものか。天国はもっと、ずっと素晴らしい。はるかに素晴らしい」

家具職人の奥さんは足繁くやって来て、何くれとなく手助けしてくれたが、親方のほうは結局いっさい関わらずじまいで、それだけが私の大きな悔いとなって残った。

あるときボッピに、「天国に行っても貘はいるかな？」と訊いたことがある。

「もちろん」と彼は言い、大きくうなずいても見せた。「動物だって全部いるさ、シャモアもね」

クリスマスの季節になり、二人で病院のベッドでささやかなお祝いをした。強い寒気が押し寄せ、霜が降り、つるつるに凍ったところに新雪が積もった。だが、私は何もかもうわのそらだった。エリーザベトが男の子を産んだというのを風の便りに聞いたが、すぐに忘れた。ナルディーニさんからおどけた手紙が届いたが、ざっと目を通しただけで、それきりになった。仕事をしていても、私と病人との時間が奪われるような気がしてならず、いつも大急ぎで片づけた。終われば、もういても立ってもいられなくなり、急きたてられるようにして病院へ駆けつけた。そして、のどかな空気に包まれ、夢のような平和の深みを感じつつ、私は半日をボッピのベッドのそばで過ごした。

亡くなる直前の数日間は容態も安定し、元気そうだった。だが、そのときのボッピは時間の感覚を失い、つい今し方起こったことは何も頭に残ってなく、ひたすら長い年月を隔てた遠い昔の記憶のなかで生きているように見えた。二日間、彼は自分の母親のことしか話さなかった。もちろんもう長くは話せない。だが、どれだけ間があこうとも、彼が母親のことを考えているのは見ていてわかった。

「おふくろのことはほとんど話していなかったね」と言って、ボッピは嘆いた。「今から話すことは何一つ忘れないでほしい。でないと、おふくろのことを知っていて感謝できる人がすぐにいなくなってしまう。ペーター、世の中の人がみんなこういう母親を持てたらどんなにいいだろうね。おふくろは僕が働けなくなってしまったとき、救貧院に入れるようなことはしなかったんだ」

ボッピが横になった。息をするのもたいへんそうだ。一時間が過ぎ、また話しはじめた。

「おふくろはきょうだいのなかで僕をいちばん愛してくれたし、死ぬまで僕を自分のもとに置いてくれた。兄たちはよそへ出て行き、姉は家具職人と結婚した。でも僕だけは家に残った。そして、どんなに貧しくてもおふくろは僕のせいにするようなことはなかった。ペーター、どうか僕の母親のことを忘れないでいてほしい。おふくろはほんとうに小柄で、もしかすると僕より小さいかもしれない。手を差し出して僕の手に重ねたら、それこそ、ちっちゃな鳥が載っかったようなものだった。おふくろが死んだとき、隣のリュティマンは子どもの柩《ひつぎ》で充分だなって言ってた」ボッピにしても子どもの柩で充分だったろう。病院のベッドに寝ていても、消え失せたのかと見まごうほどに、その姿は小さかった。両方の手も今では病気の女性の手のように細長く、真っ白で、少し曲がっていた。夢のなかの相手はいつしか自分の母親から私へと替わり、私などその場にいないような口ぶりで彼は話した。

「あいつ、運の悪いやつでさ。それについちゃ致し方ない部分もあるけどね。母親の死ぬのが早すぎたんだ」

「ボッピ、僕のことまだわかる？」私は訊いた。

「もちろんさ、カーメンツィントさん」彼は冗談めかして言い、かすかに笑った。

そして、すぐにそれに続けて「せめて何か歌えたらいいんだけど」と言った。最期の日にもこう訊いてきた。「ねえ、ここの病院て、けっこうかかるんだろう、高すぎるんじゃない？」

だが、答えは期待していなかった。白くなった肌にかすかに赤みが差し、目をつむったときの顔は、つかのま、とても幸せそうに見えた。

「ご臨終です」とナースが言った。

だが、ボッピはもう一度目を開け、いたずらっぽいまなざしを私に向けてから、眉を動かした。頼みごとを聞いてほしいと言っているのだ。私は立ち上がり、彼の左肩の下に手を入れ、そうっとほんの少し持ち上げた。そうしてあげるといつも気持ちよさそうにしていたからだ。そうやって私の手にもたれていると、痛みに襲われたのか、一瞬唇がゆがんだ。それから頭を少しまわし、急に寒けを覚えたときのように身を震わせた。それが彼にとっての救済だった。

「ボッピ、どうだ、気持ちいいか？」私はなおも訊いた。が、彼はすでに苦しみから免れ、私の手のなかで冷たくなっていった。一月七日のことで、正午を一時間ほど過ぎていた。夕方にはなすべきことはすべて済み、障碍を負って生まれてきた小さな体はもうそれ以上ゆがむことなく、穏やかに清められ、埋葬のために運び出されるまでそこに安置されることになった。その二日間、私は自分が取り立てて悲しくもなく途方にくれることもなく、涙すら流さなかったことが不思議でならなかった。入院してからというもの、いつかは永久《とわ》の別れが来ると覚悟し、片時もそのことを忘れることがなかったので、もう別れに対するこだわりは小さくなっていたのかもしれない。そして、私の苦痛を量る天秤の皿も徐々に軽くなって、元のバランスを保つまでに上がっていった。

とはいえ、その一方で私は、この街をひそかに離れ、どこか南の国ででも休養してから、おおざっぱながらどうにか糸の段階にまで進んだ創作をそろそろ本気で織機に張りわたすときに来ているような気がしていた。少しばかりのお金は残っている。私は義務的な請負仕事をうっちゃって、春になったらすぐにも荷物をまとめて旅立つ手はずを整えはじめた。まずは八百屋のおかみさんが私の訪れを心待ちにしているアッシジへ行こう。できるだけ静かな山にこもって、大作に取りかかるのはその後だ。私は人間の生き死にというものを目の当たりにし、今ならそれについて少しばかり多弁を弄しても充分耳を傾けてもらえるような気になっていた。三月が待ち遠しくなった。イタリアのどぎつい言葉が耳について離れなくなり、リゾットやオレンジやキアンティワインの風味豊かな香りが鼻孔をくすぐる。

計画は完璧で、それについて考える時間が長くなればなるほど満足度も増していった。ところが、先行して楽しんでいたキアンティだけでこの計画はよしとせざるをえなくなってしまった。事情が一変したのだ。二月になって、飲食店をやっているニデガーから手紙が届いた。そこには不安をあおるような奇抜な文体で、この冬は雪がとても多く、村では家畜や人間がたいへんなことになっている、特にあなたのお父さまがただならぬ事態に陥っている、ついては、あなたがお金を送ってくださるかご自身で来てくださるかすれば、すべては丸く収まるだろうと綴られていた。お金を送る気にはなれなかったし、老父のことも気がかりだったので、私は即刻、出立するほかなかった。村に着いた日は降雪と風のせいで山も家も見えないようなひどい天気だった。それでも、実家までの道は目をつむってでも行けるほど体にしみついているため、何の心配もなかった。手紙の文面から老カーメンツィントはてっきり床に臥《ふ》しているものと思っていたのだが、あにはからんや、隅に置かれたストーブのそばに座り、近所のおばさんに攻め立てられて、しょんぼりと肩を落としている。おばさんはミルクを持って来たついでに、こんな暮らし方をしていたらだめじゃないと、こんこんと父を諭しているところだった。私がなかに入って行っても気にするふうはない。

「ルーエク、ペーターが帰って来おった[53]」と白髪の「罪人」が言い、私に左目でウィンクしてきた。

だが、おばさんは動じることなく説教を続けている。私は椅子に腰掛け、おばさんの隣人愛が尽きるのを待った。話のなかにはこちらの耳も痛くなるようなフレーズが出て来る。それに耳を傾けながら足下を眺めていると、マントやブーツの雪が溶けてしたたり落ちた水が椅子のまわりにしみをつくり、それが少しずつ広がって水たまりのようになった。ようやく説教が終わった。晴れて再会の挨拶が交わされ、おばさんも笑顔でそれに加わった。

父はすっかり体力が落ちていた。以前父の世話をしようとしたときのことが思い出された。あのときは結局戻って来ても何の役にも立たなかった。だが今回は違う。前より必要とされているということもあるが、一度やりかけてそのままになっていたことにけりをつけることができるようになったのだ。

元気なころでもおよそ美徳の鑑というものとは無縁だった頑固な農夫に、もう老いて病気がちの毎日になったのだから、いいかげんおとなしくして息子の愛情芝居に付き合えと要求するのは、どだい無理な話だ。そんなことを求めても、父はありがたがるどころか、頑として応ぜず、病気で床に就くようなことになればなるほど手がつけられなくなり、昔私が父を困らせた分を、利息をつけることはないにしても、きっちりと過不足なく計って返してよこした。ただ、口数が多いわけではなく、何か言うにしても言葉は慎重に選んでいた。もっとも、父の場合、言葉を使わなくても不満や辛辣さや荒っぽさを表現する手段はいくらでもあり、それに事欠くようなことはまったくなかった。そんな父を見ていると、私もこの年齢になったらこんな気むずかしくて扱いにくい変人になるのだろうかと思わずにはいられなかった。飲むことに関しては父にとっては終わったも同然となった。私が日に二回グラスに注いで差し出す南国産の上等なワインだけに制限し、注ぎ終わったらすぐにその瓶を地下室へ戻してしまう

---

53 他の訳書ではこの父親のセリフは、次のようになっている。
「ほら、ペーターがもどって来おった」(新潮文庫、高橋健二訳)
「ほら、ペーターが帰って来たぞ」(臨川書店、ヘルマン・ヘッセ全集第3巻)
しかし、原文はこうである。
「Lueg, der Peter isch cho」
これを、手もとにある英訳版は次のように訳している。
「Look, Peter's back」(Picador Edition; translated by Michael Roloff)
どうやら、日本の訳書はこの英訳版を参考にしたと思われる。だが、学があるわけではないペーターの父親がなぜ「Look」などという英語を近所のおばさん相手に使う必要があるのか。
調べてみたところ、Duden の姓名辞典に「Lueg」の立項があり、南ドイツやスイスなどによくある名前であることがわかった(同じくDuden の発音辞典にも立項があり、読み方は「ルーエク」である)。これが姓であるとすると一五四ページ以下のペーターとエリーザベトとの会話の内容と矛盾(村にはカーメンツィントという姓しかない)することになるが、ここは、文脈上あえて名前と判断した。

からで、そんなグラスに口をつけても父の顔はいつも憮然としていた。今はもうがらがらになった地下室だが、それでもその鍵を父に渡すことは絶対にしなかった。

二月の下旬ともなれば、きれいに晴れ上がった日々が続くようになり、高地の冬も素晴らしいものとなる。まだすっぽりと雪に覆われている岩山が矢車菊《やぐるまぎく》のような青い空に向かってそびえ立ち、そのくっきりと浮き立った峨々たる山容は透きとおった大気のなかでありえないほど近くに見える。牧草地や山腹もまだ、ふもとの人たちには想像もつかないような、高地特有の香りのきつい白い水晶のような雪で覆われている。真昼どきには陽の光が地面のこぶの上で光の祭典を繰りひろげ、窪地や斜面に青黒い影を落とす。何週間も続いた降雪で浄められた空気は清々しく、陽を浴びながら胸いっぱいに吸いこんでみたくなる。山腹のゆるやかな斜面では子どもらが橇《そり》遊びに興じ、昼下がりには老人たちが陽だまりの小路に立つ。だが、夜になれば冷え込みはまだきつく、寒さで垂木がバチッと音を立てる。あたりはまだ白一色の世界だが、その中央には決して凍ることのない湖が静かに青く横たわる。この時季の美しさは夏をも凌《しの》ぐ。私は毎日、昼どきになると食事の前に父の手を取って玄関前に連れて行った。父は節くれだって曲がった褐色の指を陽射しのなかに差し出し、その暖かさを楽しんだ。だが、しばらくすると、咳をしはじめ、寒い寒いと文句を言いだす。もっとも、どう考えても咳が出るような寒さではないので、火酒を手に入れるための小細工であることは見え見えだった。それでも、そうやってグラス一杯にも満たないエンツィアンかアブサンをせしめて口に含むと、咳の出し方を微妙に変えながら、やがておかげですっきり収まったという顔をする。これでまんまとだましたつもりなのだ。昼食を終えると、私はゲートルを巻き、父を一人残して、数時間の山登りに出かけた。行けるところまで登って行き、帰りは、持参した果樹の収穫用の袋を尻にあてがって雪原の斜面を一気に下って来た。

本来ならアッシジに向けて旅立っていたころになっても、あたりにはまだ一メートルを超す雪が残っていた。ようやく春が動きだしたのは四月に入ってからのことだった。だが、その訪れは、ここ何年もなかったような急激で悪辣な雪解けとなって村に襲いかかった。南風《フェーン》は昼も夜もなく吠えつづけ、雪崩《なだれ》の音や激流と化した川の音が遠く近くひっきりなしに聞こえてきた。雪解け水の奔流は岩を砕き木々を根こそぎさらって下流まで運んできては、村の農地や果樹園に投げつけていった。フェーンの熱に当てられ私は眠れなくなった。夜ごと吹きすさぶ嵐の音を、遠くでとどろく雪崩の音を、荒れ狂う湖の岸に砕ける波の音を耳にして心を揺すぶられ、不安でいっぱいになった。すさまじい春の戦いが熱を帯びるにつれ、克服したはずの恋の病が再び頭をもたげ、私を襲った。その激しさに打ち負かされて夜なかに起きだすと、窓から身を乗りだし、鳴り渡る嵐の音にまぎれ、悲痛な思いでエリーザベトへの愛の言葉を叫んだ。これほどまでに恐ろしく抗いがたい激情のとりことなったのは、イタリア人の女性画家の家を見おろす丘の上で恋心に狂ったあの生暖かいチューリヒの夜以来だった。私には、あの美しいひとがすぐ目の前に立ち、私にほほえみかけているのに、私が近づこうとして足を踏み出すたびに、それに合わせて後ろにさがっていくように思えてならなかった。そのひとへの思いは、どこから出て来ようとも、必ずそのシーンに戻って行った。そして、けが人と同じように、むずがゆさを覚えるたびに腫れたところに手を伸ばし指で掻かずにはいられなかった。私は自分自身を恥じた。だが、いくら恥じたところで苦しいだけで何の役にも立たない。フェーンがいまいましくなった。とはいえ、そんな苦悶のうちにもこっそりと忍びこんでいたものがあった。少年時代に可愛いレージのことを思ううち、生暖かい黒い大波に襲われて覚えたのとまったく同じ快感だ。

私はこの病気に効く薬はないと観念し、少しでもいいから仕事をしてみようと思った。さっそく自分の作品の構築にかかり、いくつかの習作も書き始めてみたが、すぐに、今はそのときではないことが明らかになった。あちこちからフェーンによる被害の報告が舞いこんできたのだ。村全体が苦境に立たされていた。川の堤防がなかばで決壊し、家屋や納屋や家畜小屋が甚大な損害を被《こうむ》っていた。周辺の村から家を失った人が続々と避難してきた。村には困り果てて悲嘆にくれる人たちがあふれたが、救援しようにもそのためのお金はどこにもなかった。数日もしないうちに幸いにも村長から呼び出しがかかり、村の役場に出かけて行くと、災害対策委員会に加わる意志があるかどうか尋ねられた。村の窮状を州に訴えるだけでなく、特に新聞を通じて国全体に関心を持ってもらい何とか寄付を募るところまで持って行きたいのだという。そして、その適任者として私の名が挙がったのだった。私にとっては自分のやくたいもない悩みをこういうはるかにまともでやりがいのある仕事で忘れることができるというのは願ってもないことで、死にものぐるいでその任務に当たった。バーゼルに手紙を出したところ、すぐに数人から募金に協力する旨の返事が来た。州には案の定お金がなく、救援の人手を数名送ってくれただけだった。次は窮状を訴える文面を持って新聞社まわりをした。励ましの手紙や寄付や問い合わせが次々に寄せられた。だが、そんな文章による仕事のほかに、参事会の場で農民特有の頑固頭の連中を説き伏せるという役回りも私には課せられていた。

途中で投げ出すわけにはいかない厳しい仕事は数週間に及んだが、私にはかえってそのほうがよかった。復興事業が軌道に乗り、お役御免となったころには、まわりの牧草地はすっかり緑になり、湖面は何ごともなかったかのように陽の光を受け、雪の消えた山に向かって青くきらめいていた。父のぐあいはまずまずで、私の恋の悩みも薄汚れた残雪同様いつのまにか消え失せていた。この時期になると昔は父が小舟にタールを塗っていたものだ。それを母が庭から眺め、私はそんな父の仕事ぶりとパイプの煙と黄色い蝶を目で追っていた。今はもう塗装する小舟もなく、母もとうに死んでしまい、父は荒れるにまかせた家で苦虫を噛《か》みつぶしたような顔をしてしゃがみこんでいる。昔を思い出させてくれる人がもう一人いる。おじのコンラートだ。私は父の目を盗んで、おじを飲み屋に誘い、軽く一杯やりながら、彼の思い出話に耳を傾けた。数々のプロジェクトのことを笑いを交えながらも、そう捨てたものでもないんだぞと言いたげな口ぶりで語ってくれた。今はもう新しいものを作ることもなくなり、何かにつけ年齢が感じられるようになっていたが、それでも、その表情や笑ったときの顔にはどこか子どものような、少年のようなものがあり、それが私には嬉しかった。私が家で老父に我慢がならなくなったときなどは、おじに会うことが慰めとなり気晴らしとなった。飲みに誘い、一緒に歩きだすと、おじは私に遅れまいと急ぎ足になる。痩せ細ってまっすぐ伸びなくなった脚を懸命に動かして私の歩みに合わせようとするものの、その動きはやはりおぼつかなかった。

「おじさん、帆を上げよう」そう言って私は元気づけた。そして、帆の話が出るたびに話題はあの昔の小舟に移っていった。とうになくなってしまったその舟をおじは愛しい故人を悼むように偲んだ。私にとってもその舟は愛しいものだったし、なくなって淋しい思いもあるので、二人してその舟にまつわることを、些細なことまで含めて思い出してはなつかしんだ。

湖の青さは今も変わらない。負けじと空も青く晴れわたり、陽の光が暖かい。私は父ちゃん坊やよろしく、しょっちゅう黄色い蝶を眺めていた。あの当時から基本的にはあまり変わっていないような気がするし、今でも草むらに寝ころんで少年のときと同じ夢を見ることができるような気もする。だが、現実はもうそんなではないことは、毎日の洗面のときに思い知らされている。錆《さ》びた金だらいに映し出される太い鼻とへの字に結んだ口の顔と対面するたびに、自分に与えられた歳月のかなりの部分がすでに使い果たされ、もう二度とそれにまみえることはないと思わされているのだ。時の移り変わりにうろたえないようにしてくれたという点では、父のほうがうまかったとも言える。そんな過去の世界から現在に移動して来たければ、私は自分の部屋にある机の湿っぽい引き出しを開けさえすればよかった。そのなかには私の将来の作品が眠っている。古びたスケッチの束と四つ折り判の紙に記された六、七篇の草稿だ。その引き出しを開けることはめったにない。

老父の世話のほかに、傷みの目立つ家屋をどうにかしなくてはならず、それだけでも私には充分な仕事になった。床板にはあちこち穴があき、ストーブとかまどはどこか壊れたらしく、煙が立ちこめ、ひどいにおいを発した。ドアもきちんと閉まらなくなり、父が昔折檻《せっかん》に使っていた屋根裏に通じる梯子段は足をかけただけでも崩れそうになっていた。とはいえ、何か始めようにも、まずは斧《おの》を研ぎ、のこぎりを直し、ハンマーを借り、釘をかき集めることが先だった。さらには、手もとにある木材も大半が朽ちかけているので、そのなかから使えそうなものを選《え》り分けなくてはならない。

大工道具や古い砥石車の修理にあたってはコンラートおじが手伝ってくれたが、もう年を取って背中が曲がっているため、あまり多くは望めない。覚悟を決めて仕事に取りかかりはしたものの、木材の選り分けをすればやわな物書きの手はすぐに擦り傷だらけになり、砥石車を踏んでもがたついてばかりだった。また、屋根に上がってあちこち隙間を探しては、こけらを削って貼りこんで釘打ちをした。いくぶん肉づきのよくなった体からはすぐに大量の汗が流れ出た。こういう屋根の修繕というやっかいな仕事では、ちょくちょくハンマーをたたく手を休めて身を起こし、消えかけた葉巻を口にくわえなおして、青々とした空を見上げ、生来の怠け者ぶりを発揮した。こうしていてももう父にせきたてられることも叱られることもないんだと思うとつい嬉しくなったものだ。ところで、そんなことをしていると、近所の奥さんやお年寄りや小学生などが通りかかることがある。私はサボっているところを見られた弁解に親しげに声をかけ、自分から会話の糸口をつけてみる。すると、それが度重なるうちに、ふつうに世間話のできる男だとの評判も立つようになっていった。

「やあ、リースベト、あったかいね、今日は」

「そうだね、ペーター。何してるの？」

「屋根の修理」

「ああ、それはぜひやっとかなきゃね。今までさんざんほったらかしにしてきたんだから」

「そう、そう」

「親父さんはどうしてるの？　もう七十になるんだっけ？」

「八十だよ、リースベト、八十歳。僕らもいずれそんな歳になるんだろうけど、どう思う？　冗談じゃなく」

「そうねえ、でも、今は先を急いでるから、亭主が食事を待ってるもんでね。じゃあね、せっせとおやんなさい」

「じゃ、また」

布にくるんだ容器を提げて歩いて行く彼女の後ろ姿を見送り、空中に煙を吐き出しながら、私は思案した。みんな自分の仕事に精を出し、せっせと片づけていくというのに、私と来たら丸二日も同じ木舞《こまい》の釘打ちにかかりっきりになっている、どうしてこうなってしまうのだろう。それでも、屋根の修理はしまいまでやり通した。すると、そのことに対して父が珍しく興味を持った。父を屋根の上まで連れて行くわけにもいかないので、私は屋根の様子を事細かに話し、木舞の一本一本についても納得のいくまで説明した。そこに多少の誇張があったとしても私はいっこう気にしなかった。「いいだろう」と父は言った。「それで充分だ。おまえが今年じゅうに終えるとは思ってもいなかったがな」

自分の来し方と生きていくうえでいろいろと試したことを見つめなおし、考えなおしてみると、魚は水のなかにいるものであり、農民は田舎にいるものであること、そして、どんな手立てを講じようともニミコン村のカーメンツィントから都会人や世界人が生まれることはないという昔からの経験則を身をもって体験したことは私にとって喜ばしくもあれば腹立たしくもあった。そういうものだと割り切ることに抵抗はないし、世の中に幸福をもたらそうとしながら結局はそのやり方がまずかったばっかりにこの湖と山々にはさまれた昔ながらの土地に戻るはめになったことについてもむしろありがたいと思っている。所詮、私はここの人間であり、この身にそなわっている美徳や悪徳も——まあ特に悪徳のほうだが——この村では代々受け継がれてきて、ごくふつうに見られるものだ。外に出て行った私は故郷を忘れ、自分でもめったにお目にかかれない奇妙な植物になってしまったような気になっていた。今になって私は、自分がほかの世界に溶けこんでいけなかったのは、私のなかに幽霊のように出没していたニミコンの精神のせいではなかったかと思いはじめている。この村には私を変わり者と見る者は一人もいないし、老いた父やおじのコンラートを見ていると、自分がそこそこ成功した息子であり甥であるように思えてくるからだ。精神世界やいわゆる人間形成の領域で私が行ったジグザグ飛行は、本質的にはおじのあの有名な帆走と変わるところはない。ただし、そのために要したお金や努力や歳月という点では相当に高いものについてしまったが。外見上も、いとこのクオニに髭《ひげ》を剃《そ》り落としてもらい、ベルトのズボンをはいてシャツ姿で歩きまわるようになってからは、すっかりこの土地の者となり、いずれ年を取って気づいてみれば、父の場所に座って村での父の役割を受け継いでいるということになるのだろう。まわりの人は私が長年よそにいたということぐらいしか知らないから、私がそこでどんなにいやな仕事を行い、どれだけ水たまりに足を突っこんだかは自分から言うこともあるまい。でないと、すぐに綽名や異名を頂戴することになってしまう。それに、そんなにしょっちゅうドイツやイタリアやパリについて話していたら、虚勢の一つも張りたくなるのが人情だ。だが、いったんそんなことをしようものなら、肝心な箇所でさえ自分の正直さが怪しく思えてしまうだろう。

では、こんなふうにさんざん道に迷い、長い歳月を費やしながら、いったい何が生まれただろう？　かつて愛し、今もなお愛している女性はバーゼルで二人のかわいい子どもを育てている。私を愛してくれた別の女性は新しい伴侶にめぐりあい、その後も果物や野菜や種物を商っている。私を古巣に戻した張本人である父は、死にもしないが元気になったわけでもなく、向かいの小さなソファに座って私を見据え、地下室の鍵を返せと言わんばかりの顔をしている。

だが、それですべてではない。天国には母親や溺死した青春期の友人のほかにも、ブロンドのアギーや背中の曲がったボッピが天使となって住んでいる。また、自分が奔走したことで村の家屋が修復され、石積みの堤防が二つ造られもした。望めば村の参事会の一員にもなれるのだろう。しかし、そこにはもうカーメンツィントの人間がいっぱいいる。

最近になって、私に別の見通しが開けた。飲食店をやっているニデガーがめっきり老けこんで、商売に喜びを持てなくなったというのだ。この店は父と二人でヴァルテッリーナをはじめ、ヴァレー州やヴォー州のワインを何リットルも飲んだところだが、先日、亭主のニデガーからほとほと困り果てていると愚痴を聞かされた。なかでも最悪なのは、この土地の者が一人も手を挙げなかったら、よそのビール醸造所がこの家屋敷を買うことになり、そんなことになったら一巻の終わりで、私たちはニミコンにもうゆっくりくつろげる飲み屋を持てなくなるのだという。店はよその人間に貸し出され、ワインよりもビールのほうが売られるようになり、ニデガーのせっかくの地下室も台なしにされてしまう。それを聞かされてからというもの、私は落ち着かなくなった。バーゼルの銀行にまだ多少の金は残っているし、私が後釜にすわってもニデガーは悪くは思うまい。ただ一つだけ難点がある。父の存命中に飲食店の主人になるわけにはいかないということだ。店の切り盛りをしながら、老父をずっと樽の栓から遠ざけておくことなど不可能だからだ。さらには、あれだけラテン語と勉学に打ちこんだ者の行く末がニミコンのワイン飲み屋の亭主止まりとなったら、みすみす父に花を持たせることになる。それはあってはならないことだ。というわけで、私はほんの少しだけ老父の死を待ちわびるようになった。じりじりしてということではなく、そうなればいいかなというぐらいの気持ちで。

おじのコンラートが何年間もの眠りから覚めて、このごろまた何かやりたくてうずうずしているように見える。が、私にはあまりおもしろくない。おじは人差し指を口にくわえ、額に思案の皺を寄せながら、部屋のなかをちょこまかと動きまわり、天気のいい日にはやたらと湖を眺めていた。「あたしに言わせりゃ、あれはまた舟でもこさえようって肚だね」とツェンツィーネおばさんは言った。たしかに、こんなに潑剌としているおじを見るのは何年ぶりかのような気がするし、その顔には、今回は何から始めればいいかちゃんとわかっているという自信がみなぎっている。しかし私は、これはまずいと思った。くたびれた魂が安住の地にすぐに行けるよう翼を求めているだけだからだ。おじさん、帆を上げなきゃ！　とはいえ、おじがそういうことになったら、ニミコンの殿方は前代未聞のことを体験することになる。というのは、おじの埋葬にあたっては、私も神父の後に二言三言話そうと心に決めていることがあるのだ。そんなことはこの村では一度も行われたことがない。私はまず、おじを神に愛され神に召された者として記憶にとどめると述べて一同の信仰心を呼び起こす。それから、おもむろに一つまみの塩とコショウをまぶした言葉を親愛なる遺族たちに向かって振りかける――そうすれば、誰も私のことをすぐには忘れもしなければ赦しもしないという寸法だ。願わくば、父にもそれは体験してほしい。

引き出しには私がもくろんでいる大作の冒頭部分が入っている。「ライフワーク」と称してもいい。いや、それはちょっと言いすぎか。それに、これはあまり口にしないほうがいいだろう。何しろなかなか先に進まず、完成するかどうかも危ういと言わざるをえないからだ。それでも、新たにやりなおし、ひたすら完結に向けて書きつづける機会はまだあるかもしれない。そして、それが完成を見たならば、私が青春時代に求めてやまなかったものは間違ってなかったとわかり、自分はやはり詩人だったということになるはずだ。

それは私にとって村の参事会員や石積みの堤防と同じかそれ以上の価値となるだろう。だが、あの細身のレージ・ギルタナーから哀れなボッピに至るまで愛しい人たちを残らず思い起こし、これまでの人生で過ぎ去りはしても失われずに残ったものと自分という人間とは果たして釣り合っているだろうかと考えだすと、ほんとうのところはどうだろうと思わずにはいられない。

解説

松永美穂
（早稲田大学教授）

『ペーター・カーメンツィント』は、主人公の名を冠された一人称小説である。人生を振り返りつつ語るこの主人公は、父親がすでに八十歳とのことなので、五十代くらいにはなっているだろう。すでに初老の域に達し、ある意味人生を達観し、自分が自分であることを受け入れているように見える。自分と同姓の人間ばかりが住む生まれ故郷の山村を出て、あちこちを遍歴し、外国暮らしもし、恋愛も諍いもした。小さな成功もあれば、失敗もあり、人々から愛されたり、誤解されたりした。そしていま、老いた父の面倒を見るため、ふたたびふるさとの小村に戻ってきている……。

頑固に生き抜いてきた初老の独身者の半生を小説として書き上げたのが、わずか二十五歳の青年だと知ったら、誰しも驚くのではないだろうか。ヘルマン・ヘッセは当時、最初の本を出してはいたがまだ無名であり、スイスのバーゼルで暮らす書店員に過ぎなかった。南西ドイツの小村カルプの出身、家は代々牧師で、自らも聖職者となるべく難しい試験に合格してマウルブロンの神学校に入ったが、学校が合わずにドロップアウト、という経歴は（父親の職業を除けば）彼の代表作『車輪の下で』の主人公ハンスとほぼ重なる。その後、ノイローゼの治療を受けたり、自殺未遂事件を起こしたりするが、入り直した高校（ギムナジウム）も結局は退学。十代でさまざまな挫折を味わった。カルプの時計工場に勤め、歯車を磨く仕事をしたが、やがて大学町のテュービンゲンで書店員となる。そして、二十二歳のとき、バーゼルに移った。

実はヘッセは、子どものときにも四歳から九歳まで、バーゼルに住んだことがあった。バーゼルはスイスのなかのドイツ語圏に属するが、ドイツとフランス双方に境を接している、国境の町でもある。町のなかをライン川が流れている。チューリヒ、ジュネーブに次ぐスイス第三の都市とされているが、現在でも人口は十七万人ほど。日本から見れば、それほど大都市というわけではない。

しかしバーゼルは古い歴史を誇り、四世紀の文献ですでに言及されている。十五世紀後半からは印刷業が栄え、出版文化が花開いた町でもあった。そのような町であれば、いい書店があったことも想像に難くないだろう。ヘッセは一八九九年九月からバーゼルの、評判の高いライヒ書店（古書店）で働き始めた。彼の両親の知人たちがバーゼルには何人もいて、そうした人々、特に知識人や芸術家との交流が、若いヘッセにとっては大いに刺激となった。一方でバーゼルを拠点に山歩きをすることもでき、一人になって自然と触れ合う機会も多かった。このように恵まれた環境のなかで、ヘッセは次々と作品を書き始める。一九〇〇年、ヘッセは眼病のために兵役を免除された。その同じ年に、『ヘルマン・ラウシャーの遺稿詩文集』と題した本を出版している。これはヘッセが一八九六年から九九年にかけて書きためた詩と散文作品を収めたものだが、著者として自分の名前は出さず、「ヘルマン・ラウシャー」という人物の遺作を自分が編集した、という形での出版だった。出版元はヘッセが勤めていたライヒ書店。ヘッセが著者であることは、一九〇三年に初めて明らかにされた。

ヘッセは一九〇一年一月末にライヒ書店を辞め、三月から五月までイタリア旅行に出かけている。ミラノ、ジェノヴァ、フィレンツェ、ボローニャ、ラヴェンナ、パドゥア、ヴェネツィアを回った。この旅行の体験が、『ペーター・カーメンツィント』第四章で描かれた、ペーターとリヒャルトのイタリア旅行に反映されているのではないだろうか。固い友情で結ばれた若者二人の、キラキラ輝くような青春の旅。二人はまさに、早春から初夏にかけて（つまり、ヘッセと同じ季節に）イタリアを旅行してい途中で一週間、別行動をとるが、一人でウンブリア地方を歩き回ったこの一週間はペーターにとって「青春時代の絶頂」になった、と記されている。

ヘッセ自身は、バーゼルに戻ったあと、八月からまた別の古書店(ヴァッテンヴィール書店)で働き始めた。しかし、書店での仕事の傍ら、次第に雑誌などからの仕事の依頼が増えてくる。詩を書いたり、短い散文作品を書いたりするだけだったが、原稿料収入も入ってくるようになった。

一九〇二年、ヘッセの母マリーが亡くなった。「母の死」の場面は『ペーター・カーメンツィント』においても非常に重要だ。ペーターがチューリヒの大学に入学する直前の夏。ある朝早く、ずっと患っていた母が苦しそうなあえぎ声を出しているのをペーターは耳にする。両親の寝室へ入っていくと、母は死期が近づいており、ペーターはそんな母の枕元で、二時間のあいだ、臨終の様子を見守るのだ。その間、隣のベッドにいる父親は、何も気づかずに眠り続けている。母の静かで厳粛な死と一人で向き合ったペーターは、この体験を通じてまた一つ、人生の奥深さを知ることになる。

ヘッセは母の死の翌年、自分より九歳年上の写真家マリア・ベルヌイと知り合った。そして、彼女と一緒に、二度目のイタリア旅行をする。この一九〇三年という年には、

『ペーター・カーメンツィント』も五月に書きあげられた。ヘッセはただちにベルリンのフィッシャー社に原稿を送っている。この作品はまずその一部が「新ドイツ展望」というフィッシャー社の雑誌に三回にわたって掲載され、翌年の二月に同社から単行本として出版された。

ヘッセの初めての小説は、彼に作家としての成功をもたらした。彼の才能を讃える熱烈な書評も出た。本は同じ年のあいだに四度も増刷され、ヘッセにまとまった収入をもたらした。彼は書店を辞め、専業作家となる。そして、恋人のマリア・ベルヌイと結婚した。バーゼルを離れて、ボーデン湖畔にあるガイエンホーフェンで暮らし始め、翌年には長男ブルーノが生まれる。（夫婦は三人の男の子に恵まれるが、結婚生活は十九年で終止符が打たれた）。そんななかで次作『車輪の下で』は一九〇三年五月、つまり『ペーター・カーメンツィント』完成直後に執筆が始まり、その年のうちに完成していたらしい。『車輪の下で』の原稿をフィッシャー社に送る際、ヘッセは社長に宛てて「シュヴァーベン地方の学校生徒の話です。この小説はあなたを失望させるのではないかという気がしています。堅実な仕事ではありますが、題材があまりにもローカルで扱いにくく、『カーメンツィント』に比べると物語全体にあまり活力がないのです」と書いている。『車輪の下で』は一九〇六年に単行本として出版された。

そして、たとえば日本では『車輪の下で』の方が、主人公が若くして死んでしまうという不幸な結末にもかかわらず、『ペーター・カーメンツィント』よりずっと有名である。悲劇の方がインパクトが強いということなのだろうか。戦後の日本におけるヘッセ・ブームのなかで、受験競争の激しさとハンスの不幸が重ねられたという見方もある。そういえば『車輪の下で』のハンスは最後に溺死するが、『ペーター・カーメンツィント』ではペーターの親友だったリヒャルトが若くして溺死する。

『ペーター・カーメンツィント』はそもそも、日本では一九三九年に翻訳されて以来、長いあいだ『郷愁』というタイトルで親しまれてきた。一九五〇年代には『青春彷徨』というタイトルで訳されたこともある。どちらも美しいタイトルだが、主人公は必ずしも郷愁に駆られてばかりいるわけではないし、青春時代に限定された話でもない。なかなか人と馴染むことのできない孤独な魂を抱えて遍歴を続けた主人公が、人生を振り返る物語なので、ロマンチックなイメージを重ね過ぎてしまうと違和感が残るかもしれない。

すでにイタリア旅行や母の死といった、執筆直前にヘッセ自身が体験したできごとと主人公ペーター・カーメンツィントの体験との共通項を挙げたが、この作品にはほかにも自伝的な要素が多く見られると指摘されている。たとえば、ペーターの父親は訳もなく幼い息子に暴力をふるうが、ヘッセの父親にも厳格な一面があり、ヘッセが父親に対して距離をおく原因になったらしい。小説ではペーターが故郷に戻って父親の面倒を見ているが、ここにはヘッセの、いずれ父よりも大きい存在となって父からの承認を勝ち取りたい、という願望が表れているようにも思える。

そのほか、ペーターが知識人よりも、素朴な村人や職人たちに好意を示すところには、自らも職人修業をしたヘッセの気持ちが滲み出ているだろう。ペーターは感受性が強く、人生に失望しては死ぬことを考える。母のことを思い出して自殺を断念する場面もあるが、自死の誘惑に駆られやすいところにも、若き日のヘッセとの共通点を見出すことができる。

さらに、ペーターは文学に志す人間である。大学にまで進学しており、学歴はヘッセ自身よりも高い。ペーターは新聞社や雑誌社から寄稿を頼まれ、その原稿料で生計を立てている。執筆時のヘッセがまだ生活のために書店員をしていたことを考えると、作中のペーターはその一歩先を行っているようにも見える。ヘッセは自分の「ありそうな未来」を夢想してこの小説を書いたのかもしれない。ただし、作中のペーターは大きな作品のプランは持っているけれど、それを引き出しにしまい込んでいる。文筆業でそこそこ身を立てながらも、大成することはない。一方、ヘッセはこの作品の出版後、プロの作家として名を知られるようになり、四十二年後にはノーベル文学賞まで受賞するのだ。

もう一つ注目したいのは、ペーターがスイス人として設定されていることだ。アルプス地方の高地の村の出身で、バーゼルでは彼のアクセントを聞いた人々から「高地の出身なんですね」と言われてしまう。もともとスイスのドイツ語はドイツのドイツ語とは少し違うが（ヨハンナ・シュピリの『ハイジ』で、フランクフルトに連れていかれたハイジが、「変なドイツ語をしゃべる」と言われていたことを思い出す）、そのスイスのなかでも顕著な方言を話していたことになる。

スイスで暮らしていたが、ヘッセ自身はドイツ国籍だった。しかし、第一次世界大戦の開戦を批判したことでドイツではバッシングを受けるようになる。開戦時にはスイスのベルン近郊で暮らしており、その後、一九二三年にスイス国籍を取得した。ヘッセの母方の祖父もドイツ系スイス人であった。ヘッセは人生の大半をスイスで過ごし、後半生は三番目の妻ニノンと、スイスのなかのイタリア語圏にある小さな村モンタニョーラで暮らし、そこで没している。彼の故郷カルプもとても小さな村で、わたしは一度だけシュトゥットガルトからの日帰りで訪ねたことがあるが、ヘッセ博物館も含めて半日もあれば観光できてしまうようなところだった。村の入り口に架かっている橋に、ヘッセの像があった。下を流れる川は『車輪の下で』でハンス少年が好んで釣りをする場所のモデルでもあるが、想像していたよりも小さな川だった。「ずっとここにいたら、もっと広い世界に出ていきたくなるだろうな」と実感したのを覚えている。しかし、ヘッセは結局都会暮らしには馴染めず、第一次世界大戦後には精神的に不安定になり、モンタニョーラ村に定住して初めて落ち着いたといわれている。(モンタニョーラはスイスのなかでも北イタリアに突き出した地域にあり、ミラノからも近い)。

さて、ペーター・カーメンツィントは大酒飲みでもある。この点については、ヘッセもそうだったのかどうか、わたしにはわからない。若いころから痩せて神経質そうなヘッセの肖像画を見ると、あまり大酒を飲むようには見えない。ただ、この小説のなかでは禁酒を唱える道徳的な人々の姿が皮肉っぽく描かれていて、ヘッセが禁酒主義者でなかったことだけは確実なようだ。

ところで、酒にはだらしないペーター・カーメンツィントではあるが、女性関係は意外にもクリーンである。二度の片思いが彼の心には深い傷となっている。もっとも、二度とも直接告白する前に、相手にはすでに心に決めた人がいることがわかり、恥をかくことはなかったのだが……。しかも、二度目の恋の相手であったエリーザベトとはその後、親しい友人になっている。イタリアに滞在したときには三十四歳の未亡人に心を寄せられるが、うまくかわして帰国している。その後彼女が別の相手と結婚するときには招待状が送られてくるほど、良好な関係が保たれており、大変ほほえましい。ペーターは二度の失恋後、結婚願望を抱くこともなく、独身生活を貫いている。そういった点では清廉な人物というほかない。ふとしたことから職人の一家と親しくなるが、やがて職人の妻の弟で身体障害者のボッピを自宅に引き取って、世話をするまでになる。このボッピとの共同生活がペーターにとって負担とはならず、むしろ彼との精神的な交流によってペーター自身も多くを与えられるようになっていく様子は、この小説のなかでもほんとうに感動的な部分である。ペーターが関心を寄せるアッシジの聖フランチェスコの教えが、このように実践されていく。また、ボッピとの会話のなかで、スイスの文学も少し紹介されている。ゴットフリート・ケラーやコンラート・フェルディナンド・マイアーの名前が挙がっているのだ。ゴットフリート・ケラーの名は、すでに第一章、ペーターが詩を書き始めた頃にくりかえし読んだ作家としても言及されている。ペーターはその読書によって、「自分の未熟な夢物語が妥協なく真実に迫る本物の芸術からいかに遠いかを思い知らされ」、自分が書いた「詩や小説を残らず焼いて」しまうのだ。

最後に、ペーター（そしてボッピ）の動物への関心、またこの小説における美しい自然描写にも触れておきたいと思う。動物については、車椅子のボッピを動物園に連れていく場面や、二人で動物になりきって会話する場面などが印象的である。ちなみに、バーゼル動物園は一八七四年開園。日本で最古の上野動物園の開園は一八八二年、チューリヒ動物園はそれよりもかなり遅く、一九二九年に開園している。

自然描写については、冒頭からいきなり何か所も美しいところがある。高地の春の美しさ。実家の小さな庭と、足下に見える湖。空を流れゆく雲についての考察。そして、十歳で初めてゼンアルプシュトック山に登頂したときの思い出。言葉による描写だけでも充分素晴らしいが、ヘッセには絵心もあり、水彩画も多数残していることを思い起こさずにはいられない。このように、『ペーター・カーメンツィント』は実にさまざまな点で、ヘッセの特徴がよく表れた小説だといえる。デビュー作なのに老成している、といえるかもしれない。ペーターがたどり着く穏やかな境地は、その後ヘッセ自身が長年の困難を経てようやくたどり着く遥かな地点を、すでに暗示しているかのようである。

ヘッセ年譜

一八七七年
七月二日、ドイツ南西部のヴュルテンベルク州カルプで、エストニア生まれの父ヨハネスとインド生まれの母マリー（旧姓グンデルト）の第二子として生まれる。両親はともにキリスト教の伝道者であった。

一八八一年　四歳
一家はスイスのバーゼルに転居。

一八八六年　九歳
ふたたびカルプに戻る。

一八九〇年　一三歳
親元を離れてゲッピンゲンのラテン語学校に入学。

一八九一年　一四歳
七月に州試験に合格。九月、マウルブロンの神学校に入学する。

一八九二年　一五歳
三月に神学校を脱走。五月に退学し、ノイローゼの治療を受ける。自殺を試みるが未遂に終わる。一一月にカンシュタットの高校に入る。

一八九三年　一六歳
一〇月に高校退学。エスリンゲンの書

店に勤めるがすぐに辞める。
一八九四年　一七歳
カルプの時計工場に勤め、歯車を磨く仕事をする。
一八九五年　一八歳
テュービンゲンのヘッケンハウアー書店に勤め始める。
一八九九年　二二歳
最初の詩集および散文集を出版。バーゼルの書店に移る。
一九〇二年　二五歳
母が死去。
一九〇四年　二七歳
小説『ペーター・カーメンツィント』で成功を収め、有名な作家となる。マリア・ベルヌイと結婚。ボーデン湖畔にあるガイエンホーフェンで暮らし始める。
一九〇五年　二八歳
長男ブルーノ誕生。
一九〇六年　二九歳
『車輪の下で』を出版。
一九〇九年　三二歳
次男ハイナー誕生。
一九一一年　三四歳
三男マルティン誕生。
一九一二年　三五歳
スイスのベルン近郊に転居。
一九一四年　三七歳
第一次世界大戦が勃発。一一月に「新チューリヒ新聞」で戦争反対の論評を発表。ドイツのジャーナリズムから攻撃される。戦争中は捕虜慰問の活動に従事する。

一九一六年　三九歳
小説集『青春は美わし』を出版。父が死去。三男が重病になり、妻も精神の病を悪化させる。ヘッセ自身もノイローゼの危機。

一九一九年　四二歳
二年前に完成していた小説『デーミアン』をエミール・シンクレアというペンネームで発表。フォンターネ賞を授与されるが辞退する。ベルンからモンタニョーラ（スイスのテッシーン州）に移る。

一九二二年　四五歳
小説『シッダールタ』出版。

一九二三年　四六歳
スイス国籍を取得。マリアと正式に離婚。

一九二四年　四七歳
ルート・ヴェンガーと結婚。

一九二七年　五〇歳
ルートと離婚。
小説『荒野の狼』出版。

一九三〇年　五三歳
小説『ナルチスとゴルトムント』出版。

一九三一年　五四歳
ニノン・ドルビンと結婚。

一九三六年　五九歳
弟ハンスが自殺。

一九四三年　六六歳
小説『ガラス玉遊戯』出版。

一九四六年　六九歳
フランクフルト市ゲーテ賞とノーベル文学賞受賞。

一九五五年　七八歳
西ドイツ出版社協会の「平和賞」受賞。

一九六二年　八五歳
八月九日、脳内出血のためにモンタニョーラの自宅で睡眠中に死去。二日後に葬儀が行われ、聖アボンディオ教会の墓地に葬られた。

訳者あとがきに代えて

松永美穂

この本に「訳者あとがき」が書かれないのは、とても悲しいことです。翻訳された猪股和夫さんは、翻訳を終えた直後の二〇一六年九月に、六十二歳という若さで逝去されました。そのお知らせを娘さんからいただいたときの驚愕を、いまもはっきりと思い出すことができます。

わたしは猪股さんに、二〇〇一年以降、大変お世話になりました。当時、猪股さんは新潮社に勤める校閲者で、わたしが翻訳したベルンハルト・シュリンクの短編小説集の校閲を担当して下さったのです。非常に細やかな校閲で、ドイツ語でわたしが勘違いして訳しているところなどを丁寧にチェックして下さり、とてもありがたかったことを覚えています。とにかく、ドイツ語がよくできる人だということが、原稿のやりとりだけで伝わってきました。それまでは翻訳出版の際、正直なところ校閲者の方のお名前をあまり気にしていなかったのですが、そのときには「ぜひあとがきで謝辞を入れたいから、校閲の方のお名前を教えて下さい」と、担当編集者の鈴木克巳さんにお願いしました。どんな人かお目にかかってみたいという気持も芽生え、「もし打ち上げをするときには校閲の方もお招きして下さい」というお願いもしました。鈴木さんはその願いを叶えて下さり、猪股さんも交えて三人で打ち上げをすることになりました。

そのときに、猪股さんのこれまでのお仕事について、いろいろとうかがうことができました。静岡大学でドイツ文学を学ばれたこと。小学館が「独和大辞典」を出すときに、校正スタッフのチーフをしたこと。それがすごくドイツ語の勉強になった、とおっしゃっていました。わたしは、もしかしたらドイツで暮らしたことがある人なのかと想像していましたが、留学経験はないとのことでした。「こんなにドイツ語ができるんだったら、ご自分で翻訳もできるんじゃないですか」とお伝えしたら、猪股さんはまんざらでもない顔をなさっていました。そして、その後ほんとうに、翻訳者としての活動を開始されました！　訳書を送っていただき、翻訳者としての情報交換もするようになりました。また、校閲の方でも、その後も引き続きお世話になりました。猪股さんが趣味で参加されていた合唱団の発表会に招いていただいたこともあります。これも、鈴木さんと一緒に聴きに行きました。趣味といってもとてもレベルが高く、「ハインリヒ・シュッツ合唱団」という名前で、十七世紀に活躍したドイツの作曲家、ハインリヒ・シュッツの作品を主に歌うという合唱団でした。コンサートの場所も初台の東京オペラシティで、内容も雰囲気も格調が高く、「プロ並みだ」と驚いたものでした。

猪股さんには、わたしが早稲田大学で行っている「翻訳実践・批評ゼミ」に、ゲストとして来ていただいたこともありました。そのときには校閲・翻訳、両方のお仕事について、学生の前で語っていただきました。猪股さんはいろいろな資料を用意してきて下さり、楽しそうに、雄弁に語っていました。またそのときに、自分がこれから翻訳したい本などをインターネット上で紹介している、と話しておられました。翻訳者としてのスタートは遅かったけれど、お仕事ぶりはとても熱心で積極的でした。

新潮社を退職された後、一度だけ、個人的にお金を払って校閲をしていただいたことがあります。セース・ノーテボームの『儀式』という小説でした。とても好きな作品なので、翻訳に間違いがあってはいけないと思い、猪股さんにチェックをお願いしました。残念ながら出版されたのは亡くなられたあとでしたが、猪股さんのおかげで翻訳がよくなった、と信じています。

「今度は古典新訳文庫をやるんですよ」と、猪股さんはおっしゃっていました。「あ、わたしも『車輪の下で』をやったんですよ、頑張って下さいね～」と軽い受け答えをしていたのですが、まさか猪股さんが訳されたその作品のあとがきを、自分が書くことになるとは思いませんでした。ゲラのチェックは光文社編集者の中町俊伸さんが担当されましたが、原語と照合する必要のある箇所はわたしもお手伝いさせていただきました。

約十年のあいだに猪股さんが次々と訳された本は、これからもいろいろな形で読み継がれていくと思います。『父の国　ドイツ・プロイセン』（W・ブルーンス）、『首斬り人の娘』（O・ペチュ）、『羽男』（M・ベントー）、『資本の世界史』（U・ヘルマン）、『マルクス最後の旅』（H・J・クリスマンスキ）、『サブマリーノ　夭折の絆』（ヨナス・T・ベングトソン）、『死体泥棒』（パトリーシア・メロ）、『自爆する若者たち』（グナル・ハインゾーン）、『巡礼コメディ旅日記』（ハーペイ・カーケリング）、『全貌ウィキリークス』（マルセル・ローゼンバッハ）、『ブラックアウト』（マルク・エルスベルグ）、『猟犬』（ヨルン・リーエル・ホルスト）など。ご病気さえなければ、この訳書リストはもっともっと長くなっていたことでしょう。

猪股さん、残念です。でも、ほんとうに精力的に訳されましたね。お疲れさまでした。いまは心からご冥福をお祈りいたします。

二〇一九年五月

kobunsha classics
光文社古典新訳文庫

ペーター・カーメンツィント

著者　ヘッセ
訳者　猪股《いのまた》和夫《かずお》

2019年6月20日　初版第1刷発行

発行者　田邉浩司
印刷　萩原印刷
製本　ナショナル製本

発行所　株式会社光文社
〒112-8011東京都文京区音羽1-16-6
電話　03（5395）8162（編集部）
03（5395）8116（書籍販売部）
03（5395）8125（業務部）
www.kobunsha.com

©Kazuo Inomata 2019
落丁本・乱丁本は業務部へご連絡くだされば、お取り替えいたします。
ISBN978-4-334-75404-4 Printed in Japan

※本書の一切の無断転載及び複写複製（コピー）を禁止します。

本書の電子化は私的使用に限り、著作権法上認められています。ただし代行業者等の第三者による電子データ化及び電子書籍化は、いかなる場合も認められておりません。

いま、息をしている言葉で、もういちど古典を

長い年月をかけて世界中で読み継がれてきたのが古典です。奥の深い味わいある作品ばかりがそろっており、この「古典の森」に分け入ることは人生のもっとも大きな喜びであることに異論のある人はいないはずです。しかしながら、こんなに豊饒で魅力に満ちた古典を、なぜわたしたちはこれほどまで疎んじてきたのでしょうか。

ひとつには古臭い教養主義からの逃走だったのかもしれません。真面目に文学や思想を論じることは、ある種の権威化であるという思いから、その呪縛から逃れるために、教養そのものを否定しすぎてしまったのではないでしょうか。

いま、時代は大きな転換期を迎えています。まれに見るスピードで歴史が動いていくのを多くの人々が実感していると思います。

こんな時わたしたちを支え、導いてくれるものが古典なのです。「いま、息をしている言葉で」——光文社の古典新訳文庫は、さまよえる現代人の心の奥底まで届くような言葉で、古典を現代に蘇らせることを意図して創刊されました。気取らず、自由に、心の赴くままに、気軽に手に取って楽しめる古典作品を、新訳という光のもとに読者に届けていくこと。それがこの文庫の使命だとわたしたちは考えています。

このシリーズについてのご意見、ご感想、ご要望をハガキ、手紙、メール等で翻訳編集部までお寄せください。今後の企画の参考にさせていただきます。
メール　info@kotensinyaku.jp

光文社古典新訳文庫　好評既刊

車輪の下で
ヘッセ
松永美穂 訳

神学校に合格したハンスだが、挫折し、故郷で新たな人生を始める…。地方出身の優等生が、思春期の孤独と苦しみの果てに破滅へと至る姿を描いた自伝的物語。

デーミアン
ヘッセ
酒寄進一 訳

年上の友人デーミアンの謎めいた人柄と思想に影響されたエーミールは、やがて真の自己を求めて深く苦悩するようになる。いまも世界中で熱狂的に読み継がれている青春小説。

ヴェネツィアに死す
マン
岸美光 訳

高名な老作家グスタフは、リド島のホテルに滞在。そこでポーランド人の家族と出会い、美しい少年タッジオに惹かれる…。美とエロスに引き裂かれた人間関係を描く代表作。

だまされた女／すげかえられた首
マン
岸美光 訳

アメリカ青年に恋した初老の未亡人（「だまされた女」）と、インドの伝説の村で二人の若者の間で愛欲に目覚めた娘（「すげかえられた首」）。エロスの魔力を描いた二つの女の物語。

詐欺師フェーリクス・クルルの告白（上・下）
マン
岸美光 訳

稀代の天才詐欺師が駆使する驚異的な騙しのテクニック。『魔の山』と好一対をなす傑作ピカレスク・ロマンを、マンの文体を活かした超絶技巧の新訳で贈る。圧倒的な面白さ！

光文社古典新訳文庫　好評既刊

飛ぶ教室
ケストナー
丘沢 静也 訳
孤独なジョニー、弱虫のウーリ、読書家ゼバスティアン、そして、マルティンにマティアス。五人の少年は友情を育み、信頼を学び、大人たちに見守られながら成長していく――。

変身／掟の前で 他2編
カフカ
丘沢 静也 訳
家族の物語を虫の視点で描いた「変身」をはじめ、「掟の前で」「判決」「アカデミーで報告する」。カフカの傑作四編を、〈史的批判版全集〉にもとづいた翻訳で贈る。

訴訟
カフカ
丘沢 静也 訳
銀行員ヨーゼフ・Kは、ある朝、とつぜん逮捕される…。不条理、不安、絶望ということばで語られてきた深刻ぶった『審判』は、軽快で喜劇のにおいのする『訴訟』だった！

寄宿生テルレスの混乱
ムージル
丘沢 静也 訳
いじめ、同性愛…。寄宿学校を舞台に、少年たちは未知の国を体験する。言葉では表わしきれない思春期の少年たちの、心理と意識の揺れを描いた、ムージルの処女作。

マルテの手記
リルケ
松永 美穂 訳
大都会パリをさまようマルテ。風景や人々を観察するうち、思考は奇妙な出来事や歴史的人物の中へ……。短い断章を積み重ねて描き出される若き詩人の苦悩と再生の物語。（解説・斎藤環）

光文社古典新訳文庫　好評既刊

黄金の壺／マドモワゼル・ド・スキュデリ

ホフマン
大島かおり　訳

美しい蛇に恋した大学生を描いた「黄金の壺」、天才職人が作った宝石を持つ貴族が襲われる「マドモワゼル・ド・スキュデリ」ほか、鬼才ホフマンが破天荒な想像力を駆使する珠玉の四編！

砂男／クレスペル顧問官

ホフマン
大島かおり　訳

サイコ・ホラーの元祖と呼ばれる、恐怖と戦慄に満ちた傑作「砂男」、芸術の圧倒的な力とそれゆえの悲劇を幻想的に綴った「クレスペル顧問官」などホフマンの怪奇幻想作品の代表傑作3篇。

くるみ割り人形とねずみの王さま／ブランビラ王女

ホフマン
大島かおり　訳

クリスマス・イヴに贈られたくるみ割り人形の導きで、少女マリーは不思議の国の扉を開ける……奔放な想像力が炸裂するホフマン円熟期の傑作2篇を収録。（解説・識名章喜）

暦物語

ブレヒト
丘沢　静也　訳

老子やソクラテス、カエサルなどの有名人から無名の兵士、子どもまでが登場する〝下から目線〟のちょっといい話満載。劇作家ブレヒトのミリオンセラー短編集でブレヒトの魅力再発見！

ガリレオの生涯

ブレヒト
谷川　道子　訳

地動説をめぐり教会と対立し自説を撤回したガリレオ。幽閉生活で目が見えなくなっていくなか、秘かに『新科学対話』を口述筆記させていた。ブレヒトの自伝的戯曲であり最後の傑作。

光文社古典新訳文庫　好評既刊

母アンナの子連れ従軍記
ブレヒト
谷川 道子 訳

父親の違う三人の子供を抱え、戦場でしたたかに生きていこうとする女商人アンナ。今風に言うならキャリアウーマンのシングル・マザー、しかも恋の鞘当てになるような女盛りだ。

アンティゴネ
ブレヒト
谷川 道子 訳

戦場から逃亡し殺されたポリュネイケス。王は彼の屍を葬ることを禁じるが、アンティゴネはその禁を破り抵抗する……。詩人ヘルダーリン訳に基づき、ギリシア悲劇を改作したブレヒトの傑作。

水の精《ウンディーネ》
フケー
識名 章喜 訳

騎士フルトブラントは、美少女ウンディーネと出会う。恋に落ちた二人は結婚しようとするが……。水の精と人間の哀しい恋を描いた宝石のように輝くドイツ幻想文学の傑作。待望の新訳。

チャンドス卿の手紙／アンドレアス
ホーフマンスタール
丘沢 静也 訳

言葉のウソ、限界について深く考えたすえ、もう書かないという決心を流麗な言葉で伝える「チャンドス卿の手紙」。〝世紀末ウィーンの神童〟を代表する表題作を含む散文5編。

読書について
ショーペンハウアー
鈴木 芳子 訳

「読書とは自分の頭ではなく、他人の頭で考えること」……。読書の達人であり一流の文章家ショーペンハウアーが繰り出す、痛烈かつ辛辣なアフォリズム。読書好きな方に贈る知的読書法。

光文社古典新訳文庫　好評既刊

幸福について
ショーペンハウアー
鈴木 芳子 訳

「人は幸福になるために生きている」という考えは人間生来の迷妄であり、最悪の現実世界の苦痛から少しでも逃れ、心穏やかに生きることが幸せにつながると説く幸福論。

ツァラトゥストラ（上・下）
ニーチェ
丘沢 静也 訳

「人類への最大の贈り物」「ドイツ語で書かれた最も深い作品」とニーチェが自負する永遠の問題作。これまでのイメージをまったく覆す、軽やかでカジュアルな衝撃の新訳。

善悪の彼岸
ニーチェ
中山 元 訳

西洋の近代哲学の限界を示し、新しい哲学の営みの道を拓こうとした、ニーチェ渾身の書。アフォリズムで書かれたその思想を、肉声が音楽のように響いてくる画期的新訳で！

人はなぜ戦争をするのか　エロスとタナトス
フロイト
中山 元 訳

人間には戦争せざるをえない攻撃衝動があるのではないかというアインシュタインの問いに答えた表題の書簡と、「喪とメランコリー」、『精神分析入門・続』の二講義ほかを収録。

幻想の未来／文化への不満
フロイト
中山 元 訳

理性の力で宗教という神経症を治療すべきだと説く表題二論文と、一神教誕生の経緯を考察する「人間モーセと一神教（抄）」。後期を代表する三論文を収録。

★続刊

存在と時間6 ハイデガー／中山 元・訳

二〇世紀最大の哲学書と言われる『存在と時間』を詳細な解説付きで読解する。第六巻では、頽落した日常的な生き方をする現存在の全体性について、〈死に臨む存在〉と〈良心〉という観点から考察、分析する（第二篇第二章第六〇節まで）。

ロビン・フッドの愉快な冒険 ハワード・パイル／三辺律子・訳

シャーウッドの森の奥深く、おたずね者として暮らすロビンは、一癖も二癖もある強者たちを対決によって配下とし、金持ちや権力者たちに一泡吹かせていく。英国の伝承を元に小説化した痛快な童話。作家自身の手による図版も多数収録。

あなたと原爆 オーウェル評論集 オーウェル／秋元孝文・訳

原爆投下のわずかふた月後、その後の東西対立を予見し「冷戦」と名付けた表題の「あなたと原爆」、名エッセイ「象を撃つ」「絞首刑」など16篇を収録。ファクトとフェイク、国家と個人、ナショナリズムの問題など、先見性に富む評論集。